노인과 바다

이음문고

찰리 스크리브너와

맥스 퍼킨스에게

*

그는 홀로 작은 배를 타고 멕시코 만류*에 나가 고기를 잡는 늙은 어부다. 그런데 84일째 고기를 한 마리도 잡지 못했다. 처음 40일 동안은 소년이 함께 있었다. 하지만 40일이 넘도록 고기 구경도 못 하자, 소년의 부모는 못마땅해했다. 노인이 이제 정말이지 '살라오', 즉 운이 다한 게 틀림없다면서 말이다. 소년은

* 대서양의 해류.

부모 등쌀에 다른 배로 옮겼고 일주일 동안 제법 큼직한 고기도 세 마리나 잡았다. 하지만 날마다 텅 빈 배로 돌아오는 노인이 안쓰러웠는지, 매번 마중을 나가 낚싯줄이며 갈고리, 작살, 돛대를 같이 들어주었다. 둘둘 말린 돛에는 밀가루 포대가 덕지덕지 덧대있어, 마치 영원한 패배의 깃발 같았다.

노인은 뼈만 앙상하고 수척한 데다 목덜미에는 주름이 깊게 패어있었다. 두 뺨은 갈색 반점 투성이였는데, 따가운 햇볕이 열대 바다에 반사되면서 생긴 양성 피부암 때문이었다. 얼굴 양옆으로 반점들이 길게 번져있었고, 손에는 낚싯줄에 걸린 큼직한 고기를 손질하다 파인 상처가 한둘이 아니었다. 갓 생긴 것 같진 않았다. 물고기도 없는, 모래바람에 닳고 닳은 사막의 지형처럼 하나같이 오래된 흉터들이었다.

어디 하나 쌩쌩한 데라곤 없는 노인이지만 두 눈만큼은 달랐다. 바다 같은 푸른 빛깔에 생기 있고 자신감이 넘쳤다.

소년은 노인과 함께 배를 끌어다 놓고 해안 기슭을 걸어 올라가다 넌지시 말했다.

"산티아고 할아버지. 이제 같이 고기를 잡아도 될 것 같아요. 돈 좀 벌었거든요."

노인은 소년에게 고기 잡는 법을 가르쳤고, 그런 노인을 소년은 무척이나 좋아했다.

노인은 소년을 타일렀다.

"아서라. 그 배가 운이 좋더구나. 계속 있으렴."

"그때 기억 안 나세요? 할아버지가 87일 동안 한 마리도 못 잡다가, 우리가 힘을 합치면서 큼직한 놈들을 3주 동안 매일 잡았잖아요."

"기억나다마다. 네가 날 못 믿어서 떠난 게 아니라는 거 잘 알아."

노인이 말했다.

"아빠 때문이에요. 전 어리니까 아빠 말을 따라야 하잖아요."

"그럼. 당연히 그래야지."

노인이 대답했다.

"아빤 못 미더우신가 봐요."

"그래. 하지만 우린 서로 믿지. 안 그러냐?"

노인 말에 소년이 맞장구를 쳤다.

"그럼요. 제가 맥주 사드릴까요? 테라스*에서 한잔 하시고, 어구 챙겨서 집에 가요."

"거 좋지. 우리 어부끼리 말이야."

노인이 너스레를 떨었다.

두 사람이 테라스에 자리를 잡자, 어부들이 노인을 비웃었다. 그래도 노인은 화내지 않았다. 나이 지긋한 어부 가운데는 노인을 딱하게 여기는 사람도 더러 있었다. 하지만 그런 내색은 하지 않은 채, 날씨가 연일 화창하다며 해류는 어땠는지, 낚싯줄은 얼마나 깊이 드리웠는지, 뭘 봤는지 담담하게 이야기를 나눴다. 그날 만선의 기쁨을 맛본 어부들은 일찌감치 항구에 도착해서 갓 잡은 청새치를 손질해 널빤지 두 장 위에 길게 늘어놓고는 두 사람이 널빤지 가장자리를 잡고 낑낑대며 생선 창고로 옮긴 뒤, 아바나**의 어시장에 싣고 갈 냉동 트럭을 기다렸다. 상어를 잡은 어부는 후미 건너편에 있는 상어 공장으로 고기를 싣고 가서, 도르래로 들어 올려 내장을 제거하고 지느러미를 자

* 술집 이름. 이후 이 책에 나오는 테라스는 모두 이 술집을 말한다.
** 쿠바의 수도.

르고 껍질을 벗긴 뒤 살코기는 길쭉하게 잘라 소금에 절였다.

동풍이 불 때면 상어 공장에서 나는 비린내가 항구까지 솔솔 흘러들었다. 그런데 오늘따라 바람이 북쪽으로 불다 잠잠해져 코끝만 살짝 간질일 뿐, 테라스에서도 공기가 상쾌하고 따스했다.

"산티아고 할아버지!"

소년이 부르자, 노인이 대답했다.

"응?"

노인은 맥주잔을 든 채 옛 생각에 잠겨있던 참이었다.

"제가 가서 내일 쓰실 정어리 좀 잡아 올까요?"

"괜찮아. 가서 야구나 하렴. 노 저을 힘도 아직 남아 있고 그물은 로헬리오가 던져주면 돼."

"제가 하고 싶어서 그래요. 할아버지랑 고기도 못 잡는데, 이렇게라도 도와드리고 싶어요."

"맥주 사줬잖니. 이제 다 컸구나."

노인이 대견해했다.

"할아버지가 처음 배를 태워주셨을 때 제가 몇 살이었죠?"

"다섯 살이었지. 너 그때 하마터면 죽을뻔했어. 내가 잡은 고기가 어찌나 힘이 장산지 배를 산산조각 내다시피 했잖아. 기억나니?"

"그럼요. 꼬리를 사정없이 내리치는 바람에 가로장도 박살 났잖아요. 몽둥이 소리도 기억나요. 젖은 줄이 말려있는 뱃머리로 할아버지가 절 급히 떠밀던 것도 생각나고, 배 전체가 요동치던 거랑 나무에 도끼질하듯 할아버지가 몽둥이로 녀석을 후려치는 소리며, 온몸을 뒤덮던 달큼한 피비린내까지 전부 기억나요."

"정말 다 기억하는 거냐? 아니면 내가 말해준 거냐?"

"다 기억해요, 할아버지랑 처음 바다에 간 것부터 전부 다요."

노인은 햇볕에 그을린 인자한 눈으로 소년을 흐뭇하게 바라보며 말했다.

"네가 내 아들이라면 함께 나가 모험이라도 하련만. 넌 부모님도 계시고, 거기다 운수 좋은 배까지 있으니."

"정어리 좀 잡아 올까요? 아는 데가 있는데, 미끼용 고기를 네 마리 정도 구할 수 있어요."

"오늘 쓰다 남은 거 있어. 소금 뿌려서 상자에 넣어

뒀단다."

"싱싱한 놈으로 네 마리 구해 올게요."

그러자 노인이 말렸다.

"한 마리면 돼."

노인은 한 번도 희망과 자신감을 잃어본 적이 없었다. 그런데 지금, 바람이 거세지듯 그런 감정이 더욱 차오르고 있었다.

"두 마리요."

소년이 말하자, 노인이 한발 물러섰다.

"그래, 두 마리! 훔친 건 아니겠지?"

"훔칠까 하다가, 그냥 샀어요."

소년이 너스레를 떨자, 노인이 말했다.

"고맙구나."

노인은 워낙 털털한 사람이라 자기가 언제 겸손하게 굴었는지 굳이 알려고 하지 않았다. 하지만 자신이 겸손했다는 건 알고 있었으며, 겸손한 게 부끄러운 일도 아니고 그런다고 체면이 구겨지는 것도 아니라고 생각했다.

"해류를 보니, 내일 날씨도 좋겠구나."

노인이 말했다.

"어디로 가실 거예요?"

소년이 물었다.

"멀리까지 나갔다가 바람이 바뀔 때쯤 돌아올 생각이야. 날이 밝기 전에 출발할 거란다."

"선장 아저씨한테 멀리 나가자고 졸라야겠어요. 그래야 할아버지가 엄청 큰 고기를 잡을 때 도와드릴 수 있죠."

소년이 말했다.

"너희 선장은 멀리 나가는 거 안 좋아할걸."

"그렇긴 하죠. 하지만 선장 아저씬 새가 물고기를 쫓고 있어도 잘 몰라요. 그런 거 봤다고 하면서 만새기*를 쫓아가자고 하면 돼요."

소년이 큰소리쳤다.

"눈이 그렇게 나쁘냐?"

"장님이나 다름없어요."

"거 참 희한하네. 거북잡이 한번 안 해본 사람이. 그러면 눈이 작살나거든."

* 태평양이나 대서양에 주로 서식하는 바닷물고기.

노인이 의아해했다.

"할아버지도 모스키토 해안에서 오랫동안 거북잡이를 하셨지만 눈이 좋잖아요."

"난 좀 별난 늙은이거든."

"근데 지금도 힘이 세세요? 진짜 큰 고기를 잡을 수 있을 정도로."

"그럴걸. 거기다 요령도 많이 생겼고."

"이제 어구 챙겨서 집에 가요. 그래야 투망도 구하고 정어리도 잡죠."

소년이 재촉했다.

두 사람은 배에서 가져온 어구를 집어 들었다. 노인은 돛대를 어깨에 둘러멨고 소년은 단단하게 꼰 누르스름한 낚싯줄 뭉치를 담은 상자와 자루 달린 작살, 갈고리를 들었다. 미끼로 쓸 고기가 든 상자는 배의 뒷부분 아래에 두었는데, 배 옆까지 끌어당긴 큰 고기를 제압할 때 쓰는 몽둥이도 함께 놔뒀다. 노인 물건에 손댈 사람이 누가 있겠냐마는, 돛과 굵은 낚싯줄은 밤이슬을 맞아봐야 좋을 게 없고, 갈고리나 작살도 배에 놔둬봤자, 훔칠 생각도 없는 동네 사람들 마음만

공연히 들쑤실 수 있을 테니 집에 가져가는 편이 나았다.

두 사람은 길을 따라 쭉 올라가 노인의 오두막에 이르러, 열려있는 문으로 들어갔다. 노인이 돛이 돌돌 말린 돛대를 벽에 기대놓자, 소년도 그 옆에 상자와 다른 어구들을 내려놓았다. 돛대는 거의 방 길이만 했다. '구아노'라는 억센 대왕 야자수 새순으로 지은 오두막 안에는 달랑 침대와 탁자, 의자뿐이었고 숯으로 음식을 해 먹느라 한쪽 바닥이 까맣게 그을려있었다. 억센 야자수 잎사귀를 덧대 만든 누리끼리한 벽에는 예수 성심 채색화와 코브레 성모 채색화가 걸려있었다. 죽은 아내의 유품이었다. 예전에는 빛바랜 아내 사진도 벽에 걸려있었지만 사진을 볼 때마다 마음이 울적해져 아예 벽에서 떼어내어 구석 선반의 깨끗한 셔츠 밑에 넣어두었다.

"드실 것 좀 있어요?"

소년이 물었다.

"생선을 넣은 노란 밥이 한 냄비 있단다. 너도 좀 먹을래?"

"아뇨. 집에 가서 먹을게요. 불 좀 피울까요?"

"괜찮아. 나중에 내가 하마. 찬밥 먹어도 상관없고."

"투망 가져가도 돼요?"

"암, 되고말고."

사실 투망 같은 건 없었다. 언제 팔았는지도 소년은 기억했다. 하지만 두 사람은 매일같이 이렇게 이야기를 지어냈다. 생선을 넣은 노란 밥도 있을 리 없었다. 그것도 소년은 알고 있었다.

"85는 행운의 숫자란다. 내장 빼고도 5백 킬로그램이나 되는 고기를 잡아 온다고 생각해봐. 어떨 것 같니?"

"투망 가지고 정어리 잡으러 가야겠어요. 문간에 앉아 햇볕 좀 쬐실래요?"

"그럴까. 어제 신문이 있는데 야구 기사나 읽어야겠구나."

소년은 어제 신문도 지어낸 이야기인지 긴가민가했다. 하지만 노인은 침대 밑에서 신문을 꺼냈다.

"보데가*에서 페리코가 줬단다."

노인이 말했다.

* 술집 혹은 식료 잡화점.

"정어리 잡아서 올게요. 일단 할아버지 거랑 제 거 전부 얼음에 채워두고 아침에 나누기로 해요. 저 돌아오면 야구 얘기 해주세요."

"양키스가 당연히 이기겠지."

"하지만 클리블랜드 인디언스도 만만치 않던데요."

"얘야, 양키스를 믿어라. 우리의 영웅 디마지오*가 있잖니."

"사실 디트로이트 타이거스랑 클리블랜드 인디언스도 겁나요."

"조심해라. 그러다 신시내티 레즈와 시카고 화이트삭스까지도 겁낼라."

"기사 보시고, 저 돌아오면 얘기해주세요."

"우리 말이다. 끝자리가 85인 복권 하나 사면 어떨까? 내일이 85일째잖아."

"그럴까요? 근데 할아버지 최고 기록인 87은 어떠세요?"

소년이 물었다.

"그런 일은 두 번은 일어나지 않을걸. 끝자리가 85

* 56게임 연속 안타 신기록을 세운 전설적 선수.

인 복권을 구할 순 있니?"

"주문하면 돼요."

"한 장이다. 2달러 50센트인데, 누구한테 빌리지?"

"걱정 마세요. 그 정도는 얼마든지 빌릴 수 있으니까."

"나도 빌릴 수는 있을 게다. 하지만 되도록 안 빌리려고. 처음엔 멋모르고 빌리지만, 나중엔 구걸까지 하게 되거든."

"할아버지, 따뜻하게 입고 계세요. 9월이라는 거 잊지 마시고요."

소년이 말했다.

"큰 고기가 나타날 때구나. 5월에야 개나 소나 다 어부 행세를 할 수 있지만."

노인이 말했다.

"이제 정어리 잡으러 가볼게요."

소년이 작별 인사를 했다.

소년이 돌아오니 노인은 의자에 앉은 채 잠들어있었고, 해도 저문 상태였다. 소년은 침대에서 낡은 군용 담요를 가져와 쫙 펼치더니, 의자 뒤쪽으로 해서 노인 어깨를 덮어주었다. 희한하게도 무척 노쇠한 어깨인데 여전히 힘이 넘쳐 보였다. 목도 아직 꼿꼿하고 고개를 숙이고 있어 주름도 별로 안 보였다. 셔츠는 하도 여러 번 기워서 마치 돛을 보는 것 같았고, 기워 붙인 조각들은 햇볕에 얼룩덜룩 바랬다. 머리도 허옇게 센 데다가, 눈 감은 얼굴에서 생기라곤 찾아볼 수 없었다. 신문은 무릎에 걸쳐져 있지만 팔로 누르고 있어 저녁 바람에도 꿈쩍 않고 그대로 있었다. 노인은 맨발이었다.

소년은 노인을 남겨두고 나갔다가 다시 돌아왔다. 노인은 여전히 자고 있었다.

"일어나세요, 할아버지."

소년은 노인 무릎에 손을 얹으며 깨웠다.

노인은 눈을 뜨더니 비몽사몽간에 잠시 정신을 추슬렀다. 그러고는 미소를 지으며 물었다.

"들고 있는 게 뭐냐?"

"저녁요. 우리 저녁 먹어요."

소년이 말했다.

"배 안 고픈데."

"어서 드세요. 그래야 힘내서 고기도 잡죠."

"안 먹어도 잘만 잡는걸."

노인은 신문을 접고 일어나면서 말했다. 그러더니 담요를 개기 시작했다.

"담요는 그냥 두르고 계세요. 제가 살아있는 한, 빈속으로 고기 잡으러 가실 일은 없을 거예요."

"그럼 오래오래 몸조심하거라. 그나저나 뭘 먹을 거니?"

노인이 물었다.

"검은 콩밥에 튀긴 바나나랑 스튜가 조금 있어요."

소년은 테라스에서 가져온 2단짜리 철제 용기에서 음식을 꺼냈다. 주머니에는 나이프와 포크, 스푼이 각각 두 개씩 들어있었는데, 한 벌씩 종이 냅킨에 돌돌 말려있었다.

"누가 주든?"

"우리 선장, 마틴 아저씨요."

"고맙다는 인사를 해야겠구나."

"제가 벌써 했어요. 할아버지는 안 하셔도 돼요."

그러자 노인이 말했다.

"큰 고기를 잡으면 뱃살 좀 나눠줘야겠다. 우리한

테 이런 걸 준 게 한두 번이 아니지?"

"그럴걸요."

"그럼 뱃살만으로는 안 되겠네. 참 친절하기도 하지."

"맥주 두 병도 보내셨어요."

"난 캔맥주가 좋더라."

"알죠. 근데 이건 병에 든 거예요. 아투에이 맥주요. 병은 제가 갖다 줄게요."

"착하기도 하지. 이제 먹을까?"

노인이 말하자, 소년이 상냥하게 대답했다.

"제가 여태 한 말이 그거예요. 할아버지가 준비될 때까지 용기 뚜껑을 열고 싶지 않았어요."

"이제 준비됐단다. 씻을 시간이 필요했거든."

어디서 씻었다는 거지? 소년은 의아했다. 마을 상수도 시설은 길 아래쪽으로 도로 두 개는 더 지나야 있었다. 할아버지 쓰실 물을 가져와야겠네. 비누랑 깨끗한 수건도. 왜 이렇게 생각이 없을까? 셔츠 한 벌과 겨울용 재킷, 신발, 모포도 한 개씩 더 갖다 드려야겠어.

"스튜가 참 맛나구나."

노인이 말했다.

"야구 소식 좀 들려주세요."

소년이 노인을 졸랐다.

"아메리칸 리그에선 내 말대로 양키스가 단연 최고야."

노인이 신이 나서 말했다.

"오늘 졌잖아요."

소년이 노인에게 말했다.

"그건 중요하지 않아. 우리의 영웅 디마지오가 컨디션을 회복했으니까."

"양키스에는 다른 선수들도 있어요."

"물론이지. 하지만 디마지오는 차원이 달라. 다른 리그에서는 브루클린과 필라델피아 중 브루클린이 한 수 위지. 그나저나 딕 시슬러가 생각나는구나. 예전 구장에서 강타를 여러 번 날렸는데."

"저도 그런 타구는 첨 봤어요. 제가 본 것 중 제일 멀리 날아갔죠."

"딕 시슬러가 테라스에 드나들던 거 기억나니? 같이 낚시나 하자고 하고 싶은데 내가 워낙 숫기가 없어서 말도 못 붙였잖니. 그래서 너한테 대신 물어봐달라고 했는데, 너도 나랑 다를 바 없었지."

"기억나죠. 진짜 아까워요. 우리랑 갔을지도 모르는데. 그럼 두고두고 자랑하고 다녔을 텐데 말이죠."

그러자 노인이 말했다.

"우리의 영웅 디마지오랑 낚시를 하면 얼마나 좋을까. 디마지오 아버지도 어부였다지. 우리만큼 가난했을 테니, 부탁하면 들어줄지도 몰라."

"위대한 시슬러의 아버지는 가난하기는커녕 제 나이 때 벌써 메이저 리그에서 뛰었대요."

"네 나이만 할 때 난 가로돛 범선의 선원으로 아프리카를 누비고 다녔지. 저녁에는 해변에서 사자도 봤단다."

"알아요. 전에 말씀하셨어요."

"아프리카 얘기를 할까, 야구 얘기를 할까?"

"야구 얘기요. 유명한 존 호타 맥그로 얘기 좀 해주세요."

소년은 존 J. 맥그로*의 J를 호타라 발음하며 졸랐다.

"옛날에는 그 친구도 테라스에 자주 드나들었단다. 근데 술만 들어갔다 하면, 성질이 괴팍해지고 말도 심

* 전 메이저 리그 선수이자 뉴욕 자이언츠의 감독.

하게 해서 여간 골치 아픈 게 아니었다니까. 게다가 경마에도 미쳐있었잖아. 주머니에 경주마 명단을 늘 넣고 다니면서 틈만 나면 전화에 대고 말 이름을 외쳐댔지."

"감독으로선 훌륭했어요. 우리 아빠는 감독 중 최고래요."

소년의 말에, 노인이 한마디했다.

"이곳에 뻔질나게 드나들었으니까. 듀로서**가 해마다 여기 왔다면, 네 아버지는 그가 최고라고 생각했을걸."

"그럼 진짜 최고 감독은 누구예요? 루케? 아니면 마이크 곤잘레스?

"둘 다 비슷해."

"그리고 최고의 어부는 할아버지죠."

"말도 안 돼. 나보다 훌륭한 어부들이 얼마나 많은데."

"케 바***! 노련한 어부도 많고 훌륭한 어부도 더러 있겠죠. 하지만 할아버지만 한 사람은 없어요."

"고맙다. 덕분에 기분 좋은데. 부디 너무 큰 고기는 나타나지 않았으면 좋겠구나. 우리가 틀렸다는 게 들통

** '사람 좋으면 꼴찌'라는 유명한 말을 남긴 야구 감독.
*** Qué Va, 스페인어로 '천만에요', '설마요'라는 의미.

날 테니 말이다."

"할아버지 말씀대로 여전히 힘이 세시다면 그럴 일은 없을 거예요."

"생각만큼 힘이 세지 않을지도 몰라. 하지만 요령도 많이 터득했고 결단력도 있으니까."

노인이 말했다.

"이제 주무셔야죠. 그래야 아침에 가뿐하게 일어나실 수 있어요. 그릇은 테라스에 갖다 줄게요."

"잘 가라. 아침에 깨우러 가마."

"할아버지는 제 자명종이에요."

소년이 말했다.

"내 자명종은 나이란다. 늙으면 왜 그렇게 눈이 일찍 떠지는지. 하루를 더 길게 보내라고 그러는 걸까?"

노인이 씁쓸해하자 소년이 말했다.

"글쎄요. 제가 아는 거라곤 아이들은 잠도 많고 늦게까지 잔다는 거예요."

"나도 그랬는데. 늦지 않게 깨워주마."

노인이 말했다.

"선장 아저씨가 깨우는 건 싫어요. 왠지 제가 그 아

저씨만 못해 보인다니까요."

"내 알지."

"안녕히 주무세요, 할아버지."

소년은 작별 인사를 하고 오두막을 나섰다. 탁자에 불도 안 켜고 식사를 한 터라, 노인은 깜깜한 상태에서 바지를 벗고 침대로 향했다. 그런 다음 바지에 신문을 넣고 돌돌 말아 베개로 삼더니, 담요로 몸을 감싼 뒤 침대에 누웠다. 스프링 위에 옛날 신문을 여러 장 깔아놓은 침대였다.

노인은 이내 곯아떨어지더니 꿈속으로 빠져들었다. 젊었을 때 가본 아프리카와 길게 뻗은 황금빛 해변, 눈이 시릴 정도로 새하얀 백사장, 우뚝 솟은 곶과 웅장한 갈색 산이 눈앞에 펼쳐졌다. 요즘 들어 노인은 그 해안가에 있는 꿈을 자주 꿨다. 우레 같은 파도 소리도 들리고 원주민 배가 물살을 가르며 돌진하는 모습도 보였다. 자는 동안 갑판의 타르와 뱃밥* 냄새가 코끝을 간질였고 아침이면 육지의 산들바람에 아프리카 냄새가 실려 왔다.

* 낡은 밧줄 따위를 풀어서, 물이 새지 않도록 선체의 틈을 메우는 것.

평소 노인은 육지 바람 냄새가 나면, 일어나서 옷을 입고 소년을 깨우러 갔다. 하지만 어쩐 일인지 그날따라 너무 일찍부터 냄새가 났다. 잠결에도 너무 이르다는 생각에, 계속해서 꿈속을 헤매고 다녔다. 카나리아 군도의 새하얀 봉우리가 바다에 우뚝 솟아있었고 뒤이어 항구와 정박지가 하나둘씩 눈앞에 나타났다.

이제 노인의 꿈에는 폭풍우나 여자들, 큰 사건, 월척, 싸움, 힘겨루기 따위는 물론이고 아내도 나타나지 않았다. 나타나는 거라곤 지금 같은 이런 장소나 해변을 어슬렁거리는 사자뿐이었다. 어스름 속에서 새끼 고양이처럼 장난치는 사자들. 노인은 소년을 아끼듯 사자들을 아꼈다. 소년은 노인의 꿈에 한 번도 나타난 적이 없었다. 노인은 눈이 스르르 떠지자, 열린 문 너머로 둥실 떠있는 달을 바라보다 말아두었던 바지를 펴서 입었다. 그러더니 오두막 밖에서 오줌을 싸고 소년을 깨우기 위해 길 위쪽으로 올라갔다. 차가운 아침 공기에 몸이 부르르 떨렸다. 하지만 이렇게 떨다 보면 몸에서 열도 날 테고, 곧 노도 젓게 되리라.

소년의 집은 문이 잠겨있지 않았다. 노인은 맨발로

조용히 안으로 들어갔다. 소년은 첫 번째 방 간이침대에서 잠들어있었다. 지는 달빛이 비쳐 들면서 소년의 얼굴이 또렷이 보였다. 노인이 소년의 한쪽 발을 살며시 잡은 채 잠시 기다리자, 소년이 눈을 뜨고는 고개를 돌려 노인을 쳐다보았다. 노인은 고개를 끄덕였다. 소년은 침대 옆 의자에 걸쳐놓은 바지를 집고 침대에 앉은 채 바지를 끌어당겨 입었다.

노인이 문밖으로 나갔고 소년도 뒤를 따랐다. 노인은 아직 잠이 덜 깬 소년의 어깨를 감싸며 말했다.

"미안하구나."

"케 바! 사내라면 당연히 이래야죠."

소년이 너스레를 떨었다.

두 사람은 길 아래로 내려가 노인의 오두막으로 향했다. 어두운 길 곳곳에는 남자들이 돛대를 짊어진 채 맨발로 걸어가고 있었다.

노인의 오두막에 다다르자, 소년은 낚싯줄 뭉치가 든 바구니와 작살, 갈고리를 들었고 노인은 돛이 말린 돛대를 어깨에 둘러멨다.

"커피 드실래요?"

소년이 물었다.

"배에 어구 좀 실어놓고 나서 먹자."

두 사람은 어부들을 위해 이른 아침부터 문을 연 식당에 가서, 연유 깡통에 커피를 따라 마셨다.

"푹 주무셨어요, 할아버지?"

소년이 물었다. 정신을 차리는 중이지만 여전히 잠을 떨쳐내기가 힘들었다.

"푹 자고말고, 마놀린. 오늘은 왠지 느낌이 좋구나."

노인의 말에 소년도 맞장구를 쳤다.

"저도요. 이제 할아버지 쓰실 정어리랑 제 정어리, 그리고 싱싱한 미끼고기도 가져 올게요. 선장 아저씨는 어구를 직접 챙기세요. 남에게 맡기는 법이 없죠."

"우리랑 다르구나. 난 네가 다섯 살 때부터 어구를 옮기게 놔뒀는데."

노인이 말했다.

"그러게요. 금방 올게요. 커피 한 잔 더 드세요. 우린 여기 단골이잖아요."

소년은 맨발로 산호 바위 위를 걸으며 미끼고기를 보관해둔 얼음 창고로 향했다.

노인은 천천히 커피를 마셨다. 이제 하루 종일 아무것도 못 먹을 테니 이거라도 마셔둬야 했다.

먹는 게 귀찮아서 점심을 안 챙긴 지도 한참 됐다. 뱃머리에 물병 하나만 놔두는데, 하루 동안 그거면 충분했다.

어느새 소년은 신문지에 싼 미끼고기 두 마리와 정어리를 들고 돌아왔다. 두 사람은 자갈 섞인 모래를 밟으며 해변을 따라 작은 배가 있는 곳으로 내려갔다. 그리고 배를 들어 바다로 밀었다.

"행운을 빌어요, 할아버지."

소년의 말에 노인도 답했다.

"너도 행운을 빈다."

노인은 노에 묶인 밧줄을 노받이핀*에 끼운 후, 몸을 앞으로 기울여 물속의 노깃**을 힘껏 내저으면서 어둠이 내려앉은 항구를 빠져나가기 시작했다. 맞은편 해안에도 바다로 나가는 배들이 여럿 있었지만, 이제 달이 언덕 너머로 기운 터라 배들 모습은 보이지

* 노를 끼울 수 있도록 배 뒷전에 박는, 끝이 둥근 쇠붙이.
** 노를 저을 때 물속에 잠기는 노의 넓적한 부분.

않고 노 젓는 소리만 들릴 뿐이었다.

간혹 어떤 배에서 이야기 소리가 들리곤 했지만, 대부분 노 젓는 소리 외에는 조용했다. 배들은 항구 어귀를 벗어나자 바다로 뿔뿔이 흩어졌고 각자 고기가 잡힐만한 곳으로 나아갔다. 멀리 나갈 작정이던 노인은 육지 냄새를 뒤로한 채 상쾌한 새벽 바다 내음 속으로 노 저어 갔다. 지나가던 길에 푸른빛을 내뿜는 멕시코만의 수초들이 보였다. 그곳은 수심이 갑자기 천 미터로 깊어져 어부들이 거대한 우물이라 부르는 곳으로, 해류가 해저의 가파른 암벽에 부딪치면서 생기는 소용돌이 덕분에 어종이 풍부했다. 새우나 미끼용 고기도 넘쳐났고, 이따금 밤이면 심해의 구멍에 사는 오징어 떼가 해수면 가까이 올라왔다가 바다를 배회하는 온갖 물고기의 밥이 되곤 했다.

노인은 어둠 속에서도 아침이 밝아오는 걸 느끼며 노를 젓고 있었다. 그런데 어디선가 날치가 물살을 가를 때 나는 부르르 떠는 소리와 날개를 빳빳하게 펴서 솟구칠 때 나는 쉿쉿 소리가 들렸다. 노인은 날치를 무척 좋아했다. 제일가는 바다 친구이기 때문이다. 노인은 새, 특히 작고 여린 잿빛 제비갈매기가 제일 안쓰러웠다. 늘 먹이를 찾아 날아다니지만 매번 허탕 치기 일쑤였다. 도둑 갈매기나 힘센 새들 빼고는 다들 우리보다 훨씬 고단한 삶을 사는구나. 노인은 생각했다. 바다가 이토록 잔인한데 어쩌자고 제비갈매기처럼 약하고 여린 새들을 만든 걸까? 바다는 정도 많고 눈부시게 아름다워. 하지만 아주 무자비할 때도 있지. 그것도 갑자기 말이야. 작은 소리로 애처롭게 울며 날아다니다 물속에 뛰어들어 먹이를 잡는 새들은 바다에서 살기에 너무 여려.

노인은 바다를 항상 '라 마르*'라고 생각했다. 사람들은 바다가 사랑스러울 때 스페인어로 그렇게 불렀다. 바다를 사랑하는 사람들도 간혹 바다를 안 좋게 얘기할 때가 있었지만 그래도 늘 여자 대하듯 말했다. 젊은 어부 중 부표를 낚시찌로 삼거나 상어 간으로 한몫 단단히 챙겨 모터보트까지 산 사람들은 바다를 남성형인 '엘 마르'라고 불렀다. 아니면 경쟁 상대, 일터, 심지어 적수라고도 불렀다. 하지만 노인은 한결같

* 스페인어에서 '바다'를 여성형으로 부르는 말.

이 바다를 여자로 대했고, 엄청난 호의를 베풀기도 하고 빼앗기도 하는 존재라고 생각했다. 바다가 난폭하고 심술궂게 굴어도, 어쩔 수 없이 그런 거라 두둔했다. 바다는 여자처럼 달의 영향을 받지. 노인은 생각했다.

노인은 쉼 없이 노를 저었다. 하지만 제 페이스를 잘 유지하는 데다, 이따금 물살이 소용돌이치는 것만 빼면 수면이 잔잔한 터라 전혀 힘들지 않았다. 노인은 일의 1/3 정도를 해류에 맡기고 있었다. 동이 틀 무렵, 그 시간쯤 도착할 거라 예상한 곳보다 훨씬 멀리 왔다는 걸 깨달았다.

일주일간 이 깊은 우물에서 고기잡이만 하고 아무것도 안 했어. 노인은 생각했다. 오늘은 가다랑어와 날개다랑어가 사는 곳에서 작업을 할 텐데, 큰 고기가 있을지도 몰라.

날이 아직 완전히 밝기 전이었다. 노인은 미끼를 물속에 드리웠고 배는 해류를 따라 흘러가고 있었다. 첫 번째 미끼는 수심 72미터까지 내려뜨렸다. 두 번째는 수심 135미터, 세 번째와 네 번째는 무려 180미터,

225미터 아래 푸른 바닷속에 있었다. 각 미끼고기 안쪽에 낚싯바늘의 허리 부분을 넣고 고정시켜 단단히 꿰맨 다음, 삐죽 튀어나와 있는 바늘의 미늘과 굽이의 끝을 싱싱한 정어리로 완전히 채우고는 미끼의 대가리 부분을 아래쪽으로 해서 늘어뜨렸다. 낚싯바늘이 각 정어리의 두 눈에 꿰어있는 모양새가 마치 툭 튀어나온 미늘에 반원형 화환을 씌운 것 같았다. 큰 고기가 왔을 때 바늘 어느 한 군데도 달콤하고 맛 좋은 냄새와 풍미를 풍기지 않는 곳이 없으리라.

가장 길게 드리운 낚싯줄 두 개에는 소년이 준 싱싱한 새끼 날개다랑어 두 마리를 낚싯봉* 삼아 매달았고, 나머지 줄에는 커다란 블루 러너와 옐로우 잭**을 매달았다. 전에 쓰던 거지만 여전히 상태도 좋은 데다 큼직한 정어리가 감싸고 있어서 맛 좋은 냄새가 구미를 돋울만했다. 굵은 연필 두께의 낚싯줄에는 생가지로 만든 막대찌가 묶여있어, 조금이라도 입질이 올라치면 막대찌가 움직이게 돼있었다. 그리고 낚싯줄

* 낚싯바늘이 물속에 가라앉도록 낚싯줄 끝에 매다는 작은 쇳덩이나 돌덩이.
** 블루 러너와 옐로우 잭은 대서양 전갱이의 일종.

마다 72미터짜리 낚싯줄 두 뭉치씩을 여분으로 놔둔 터라, 다른 예비 낚싯줄까지 이어 묶으면 필요할 경우 고기가 무려 540미터 넘게 줄을 끌고 갈 수도 있었다.

이제 노인은 배 너머로 막대찌 세 개가 움직이는지 지켜보면서, 낚싯줄을 적당한 깊이로 똑바로 유지한 채 천천히 노를 저었다. 어느덧 날이 꽤 밝았으니 이제 조만간 태양이 떠오를 것이다.

태양이 바다 위로 어렴풋이 모습을 드러내자, 다른 배들이 하나둘 눈에 띄었다. 해안 쪽 바다 위에 낮게 떠있는 배들이 해류를 타고 곳곳에 흩어져있었다. 태양이 점점 밝아오면서 강렬한 빛이 바다 위를 수놓았다. 이윽고 태양이 완전히 떠오르고 잔잔한 바다에 비친 햇살이 고스란히 반사되자, 노인은 눈이 시려 그쪽으로는 눈길도 주지 않은 채 노를 저었다. 그러다가 물 밑을 내려다보면서 어두운 바닷속으로 낚싯줄이 곧게 드리워졌는지 꼼꼼히 살폈다. 노인은 어느 누구보다 낚싯줄을 곧게 유지했는데, 그래야 물고기가 몰려있을 것 같은 어두운 바닷속 정확한 위치에 각각의 미끼를 드리울 수 있다. 어떤 어부들은 낚싯줄을 그냥 해류의 흐름에 맡기기도 하는데, 그러다 보면 간혹 수심 110미터까지 드리우고선 180미터까지 드리웠다고 착각할 수도 있다.

낚싯줄만큼은 내가 정확하지. 노인은 생각했다. 다만 운이 다했을 뿐이야. 하지만 누가 알아. 오늘은 다를지. 매일이 새로운 날이니까. 운이 좋으면 더 좋겠지. 하지만 난 정확하게 하고 싶어. 운도 준비된 사람한테 찾아오는 법이거든.

동이 튼 지 두 시간쯤 지났을까. 이제 동쪽을 쳐다봐도 눈이 별로 시리지 않았다. 어느덧 눈앞에 보이는 거라곤 저 먼 해안 가까이에 아주 낮게 떠있는 배 세 척뿐이었다.

이른 아침 햇살 때문에 내 눈이 평생 고생이군. 노인은 생각했다. 하지만 아직은 멀쩡해. 저녁엔 해를 똑바로 봐도 눈앞이 전혀 캄캄해지지 않잖아. 사실 저녁 햇살이 더 강하긴 해. 하지만 아침 햇살은 따가워.

바로 그때 군함새가 길쭉한 검은 날개를 활짝 펴고 하늘 위를 빙빙 도는 모습이 보였다. 날개를 뒤로 젖혀 비스듬하게 급강하하더니 다시 빙빙 돌았다.

노인이 목청을 높였다.

"저 녀석 뭔가를 봤나 봐. 그냥 둘러보는 게 아니야."

노인은 새가 맴도는 곳을 향해 천천히, 쉬지 않고 노를 저어 갔다. 절대 서두르지 않았고 낚싯줄도 위아래로 곧게 유지했다. 배가 해류 쪽에 살짝 붙어있던 터라 여전히 정확하면서도 새를 이용하지 않을 때보다 더 빠르게 고기잡이를 하고 있었다.

군함새는 더 높이 날아오르더니 날갯짓을 멈추고 다시 하늘을 맴돌았다. 그러다가 갑자기 물속으로 뛰어드는데, 순간 날치가 물 밖으로 솟구치면서 죽기 살기로 바다 위를 날아다니는 게 보였다. 노인이 큰 소리로 외쳤다.

"만새기다! 만새기 떼다!"

노인은 노를 자리에 놓고 뱃머리 아래쪽에서 가느다란 낚싯줄을 꺼냈다. 철사 목줄에 중간 크기의 낚싯바늘이 달려있었는데, 노인은 그 줄에 정어리 한 마리를 미끼로 달았다. 그런 다음 줄을 뱃전 너머로 던지고는 선미에 있는 고리 달린 볼트에 단단히 고정했다. 그러고는 다른 낚싯줄에 미끼 하나를 더 달아 뱃머리 구석에 돌돌 말아두었다. 노인은 다시 노를 저으며 긴 날개의 검은 군함새를 지켜보았다. 군함새는 이제 물 위를 낮게 날아다니며 사냥 중이었다.

노인이 지켜보는 사이, 군함새는 날개를 비스듬히 펴고 다시 급강하하면서 날치를 뒤쫓았지만 날갯짓만 요란할 뿐 놓치기 일쑤였다. 수면이 약간 불룩해지는 게 보였다. 줄행랑치는 날치들을 뒤쫓느라 만새기가 떠오르는 것이리라. 만새기 떼는 날치가 날아다니는 바로 아래에서 물살을 헤치며 돌진했는데, 날치가 떨어지면 잽싸게 낚아챌 기세였다. 온통 만새기 천지로군. 노인은 생각했다. 워낙 넓게 퍼져있어서 날치 녀석들 도망갈 구멍이라곤 거의 없겠어. 새도 헛수고만 했네. 녀석이 사냥하기에는 날치가 크기도 큰 데다 너무 빨라.

노인은 날치들이 잇달아 솟구쳐 오르고 새는 새대로 괜한 헛짓을 해대는 꼴을 지켜보았다. 만새기 잡긴 글렀군. 노인은 생각했다. 동작이 워낙 빠른 데다 너무 멀리 있어. 그래도 길 잃은 녀석 한 마리 정도는 잡을 수 있겠지. 어쩌면 내가 잡을 큰 녀석이 주변에 나타날지도 몰라. 어딘가에 틀림없이 있을 거야.

육지에 낮게 깔린 구름도 이제 산처럼 높이 떠올랐고 해안에는 저 너머 푸르스름한 회색 능선과 함께 녹색 선만 길게 이어져 있었다. 푸르던 물은 어느덧 검푸른 빛을 띠었고, 색깔이 워낙 짙다 보니 검붉은 기운마저 감돌았다. 어두운 물속에는 흩뿌려진 붉은 플랑크톤과 햇빛이 만든 묘한 빛이 어우러져 있었다. 노인은 낚싯줄이 물속 깊숙이 곧게 드리워져 있는지 살펴보다가 플랑크톤이 풍부한 걸 보고는 기분이 좋아졌다. 물고기가 많다는 뜻이기 때문이다. 태양이 더 높게 떠오른 지금, 햇빛이 물속에 그런 묘한 빛을 만들어낸 건 날씨가 좋을 징조였고 육지에 떠있는 구름 모양도 이를 뒷받침해줬다. 하지만 이제 군함새는 거의 안 보일 정도로 멀어졌고 수면 위도 쥐 죽은 듯 조용했다. 그저 햇빛에 바래 곳곳이 누렇게 변한 모자반*속 해조들과 보는 각도에 따라 색깔이 달라지는, 부레 모양의 말랑말랑한 보랏빛 고깔해파리가 온전한 형태로 배 근처를 떠다닐 뿐이었다. 해파리가 옆으로 기우뚱하더니 다시

* 한국, 일본, 태평양 등지에 분포하는 모자반과의 해조.

바로 섰다. 무시무시한 보랏빛 촉수를 물속으로 1미터 가량 길게 늘어뜨리고 비눗방울처럼 유유히 떠다녔다.

노인이 말했다.

"아구아 말라**다. 이 음탕한 것 같으니라고."

노인은 가볍게 노를 저으며 물속을 들여다보다가, 작은 물고기들을 발견했다. 길게 늘어진 해파리 촉수와 색깔이 비슷했고, 해파리가 둥둥 떠다니며 만든 좁다란 그늘 밑과 촉수 사이를 요리조리 헤엄쳐 다녔다. 녀석들은 해파리 독에 면역이 돼있지만 사람은 그렇지 않다. 예전에 노인은 고기를 잡다가 해파리가 낚싯줄에 걸려 끈적끈적한 보랏빛 촉수 액을 묻히는 바람에 옻나무처럼 팔과 손이 붓고 따끔거렸던 적이 있었다. 하지만 이런 아구아 말라의 독은 퍼지는 속도도 훨씬 빠른 데다 채찍으로 얻어맞는 느낌이다.

이 무지갯빛 비눗방울은 보기엔 아름다웠다. 하지만 바다에선 가장 믿지 못할 존재라서 노인은 커다란 바다거북이 고깔해파리를 먹어치우는 장면을 볼 때면

** 스페인어에서 '해파리'를 뜻함.

신이 났다. 바다거북은 해파리를 보면 해파리 머리 쪽으로 접근하는데, 눈을 감고 등껍질로 중무장한 다음 촉수고 뭐고 전부 먹어치웠다. 노인은 바다거북이 해파리를 먹어치우는 장면은 물론이고, 폭풍이 지나간 후 해변으로 밀려온 해파리를 밟으며 걷는 것도 무척 좋아했다. 굳은살이 박인 거친 발로 밟으면 펑펑 터지는 소리가 났는데, 그 소리가 정말 통쾌했다.

노인은 푸른 바다거북과 매부리거북을 특히 좋아했다. 헤엄치는 품새가 우아하면서도 날렵할 뿐 아니라 값도 제법 비쌌기 때문이다. 반면에 덩치만 크고 멍청한 붉은바다거북은 은근히 무시했다. 등갑 색깔도 누리끼리한 데다, 짝짓는 모습하며 눈을 감은 채 고깔해파리를 맛나게 먹어치우는 모습이 요상하기 이를 데 없었기 때문이다.

노인은 오랫동안 거북잡이 배를 타고 다녔지만 바다거북을 신비롭게 생각한 적은 한 번도 없었다. 길이가 돛단배만 하고 무게도 1톤에 달하는 거대한 장수거북이라 해도, 노인에게는 그저 안쓰러울 뿐이었다. 어부들 대다수는 거북에게 인정사정없었다. 사지가 잘려나가고 도륙당한 후에도 심장이 멈추지 않고 몇 시간 동안 더 뛰기 때문이다. 하지만 나한테도 그런 심장이 있고 내 손발도 녀석들 것과 다를 바 없는데. 노인은 생각했다. 노인은 몸보신하려고 바다거북의 흰색 알을 먹었다. 9~10월에 월척을 잡기 위해 건강해지려고 5월 내내 먹었다.

또한 상어간유도 매일 한 컵씩 마셨다. 어부들이 어구를 보관하는 오두막에는 상어간유가 든 큰 통이 있어 원한다면 누구나 먹을 수 있었다. 어부들은 대부분 그 맛을 끔찍이도 싫어했다. 물론 아무리 싫어도 일찍 일어나는 것만 하랴. 상어간유는 온갖 감기나 독감에 특효약이요, 시력에도 좋았다.

노인이 고개를 드니, 군함새가 다시 하늘을 맴돌고 있었다.

"고기를 발견했나 보군."

노인이 큰 소리로 말했다. 날치 떼가 수면을 가르는 모습은커녕, 미끼고기들이 흩어지는 모습도 보이지 않았다. 하지만 유심히 살피니, 작은 다랑어 한 마리가 공중으로 솟구치며 한 바퀴 돌고는 다시 대가리부터 물속으로 곤두박질치는 모습이 보였다. 햇빛을 받아 은색으로 빛나는 녀석이 물속으로 뛰어들자, 다른 다랑어들도 잇달아 사방에서 뛰어올랐고 거센 물보라를 일으키며 미끼를 쫓아 멀리멀리 날아올랐다. 다랑어들은 미끼를 포위한 채 몰아가고 있었다.

저렇게 빠르지만 않아도 따라잡을 텐데. 노인은 생각했다. 하얗게 물보라를 일으키는 다랑어 떼와 겁에 질려 어쩔 수 없이 수면 위로 올라온 미끼고기 쪽으로 급강하하는 군함새의 모습을 지켜보던 노인이 말했다.

"새가 큰 도움이 됐네."

그런데 그때, 노인이 둥그렇게 말아 밟고 있던 선미 쪽 낚싯줄이 팽팽하게 당겨졌다. 노인은 노를 내려놓더니, 부르르 떨리는 작은 다랑어의 입질이 느껴지자 줄을 꽉 쥐고 잡아당기기 시작했다. 줄을 당기자 입질이 더욱 거세졌다. 곧이어 등이 푸르고 옆구리가 금빛인 물고기가 모습을 드러냈다. 노인은 낚싯줄을 휙 치켜들며 고기를 배 안으로 끌어당겼다. 탱탱하고 총알처럼 날렵한 녀석은 햇볕이 내리쬐는 선미 쪽에 떨어졌다. 멍청해 보이는 큰 눈을 동그랗게 뜬 채, 매끈하고 날쌘 꼬리를 격렬하게 퍼덕이며 나무갑판에 제 몸을 쿵쿵 부딪쳤다. 노인은 측은한 마음에 녀석 머리를 내리치더니 여전히 부들부들 떠는 녀석을 선미 구석으로 차버렸다. 그러고는 큰 소리로 말했다.

"날개다랑어군. 훌륭한 미끼가 되겠어. 무게가 4킬로그램은 넘겠는걸."

노인은 언제부터 큰 소리로 혼잣말을 하기 시작했는지 기억나지 않았다. 예전에는 혼자 있을 때 노래를 부르곤 했고, 간혹 소형 어선이나 거북잡이 배에서 키를 잡고 홀로 불침번을 설 때도 노래를 흥얼거렸다. 노인이 큰 소리로 혼잣말을 하기 시작한 건 소년이 떠났을 때부터인지도 모른다. 하지만 정확하지 않았다. 소년과 함께 고기를 잡을 때도 보통 필요할 때만 대화를 했다. 밤이나 폭풍우를 만나 옴짝달싹 못 할 때 서로 이야기를 나눴다. 자고로 바다에서는 필요한 말만 하는 게 미덕이었고 노인도 늘 그렇게 생각하며 그것을 지켜왔다. 하지만 지금은 자기가 떠든다고 귀찮아할 사람도 없는 터라 노인은 속마음을 큰 소리로 자주 내뱉었다.

"내가 이렇게 큰 소리로 지껄이는 걸 남들이 들으면 미쳤다고 생각하겠지. 하지만 난 안 미쳤으니 상관없어. 돈 많은 자들은 배에 라디오가 있어서 말동무도 되고 야구 중계도 듣잖아."

노인은 크게 말한 뒤 생각했다.

지금은 야구 생각 할 때가 아니야. 딱 한 가지만 생각해. 내가 태어난 이유 말이야. 저 고기 떼 사이에 큰 놈이 있을지도 몰라. 난 먹이를 쫓다가 뒤처진 날개다랑어 한 마리만 잡았을 뿐이야. 다른 녀석들은 전속력으로 멀리까지 먹이를 쫓고 있어. 오늘 물 밖으로 모습을 드러낸 녀석들은 하나같이 북동쪽을 향해 무서운 속도로 돌진하네. 이맘때가 그런 시간인가? 아니면 나도 모르는 날씨의 어떤 징후인가?

초록빛 해안은 어느새 모습을 감췄고 보이는 거라곤 눈이 하얗게 쌓인듯한 푸른 산의 봉우리와 그 봉우리 위로 설산처럼 뭉게뭉게 떠있는 구름뿐이었다. 바닷속은 칠흑처럼 어둡고 햇빛은 수면에 반사되어 일곱 가지 빛깔을 내뿜었다. 점점이 흩어진 수많은 플랑크톤도 내리쬐는 햇빛에 자취 없이 사라졌고 이제 노인 눈에는 수심 1킬로미터 이상 곧게 내려간 낚싯줄과 검푸른 망망대해를 비추는 무지갯빛만 보일 뿐이었다.

다랑어 떼도 다시 바닷속으로 사라졌다. 어부들은 이런 어종을 통틀어 다랑어라 부르는데, 팔거나 미끼고기와 맞바꿀 때만 다른 어종과 구분하기 위해 고유 이름으로 불렀다. 어느덧 볕이 뜨거워지자 목덜미도 뜨거워졌고 노를 젓는데 등줄기를 타고 땀이 주르르 흘러내렸다.

배는 그냥 해류에 맡기고 눈 좀 붙일까. 발가락에 낚싯줄을 묶고 자면 입질이 올 때 금방 깰 수 있을 거야. 그건 그렇고 오늘로 85일째네. 고기가 많이 잡혀야 할 텐데.

노인이 이런 생각을 하며 낚싯줄을 살폈다. 바로 그때였다. 튀어나와 있던 막대찌 하나가 갑자기 물속으로 쑥 들어갔다.

“왔구나, 왔어.”

노인은 배에 부딪치지 않도록 노를 노 자리에 살살 걸었다. 그런 다음 손을 뻗어 오른손 엄지와 검지로 낚싯줄을 조심스레 잡았다. 당김이라든가 무게가 전혀 느껴지지 않았다. 그래서 노인은 줄을 살짝 쥐었다. 그러자 다시 입질이 왔다. 이번에는 왠지 주저하며 잡아당기는 느낌이랄까, 강하거나 묵직한 느낌은 없었다. 노인은 어떤 상황인지 정확하게 간파했다. 180미터 아래에서 청새치가 새끼 다랑어 대가리 쪽에 튀어나온 낚싯바늘의 끝과 굽이를 감싼 정어리를 건드리고 있다는 얘기다.

노인은 낚싯줄을 조심스레 잡고 왼손으로 막대찌에서 줄을 살살 풀었다. 이제 손가락 사이로 낚싯줄이 술술 풀려나갈 테니, 녀석은 어떤 당김도 느끼지 못하리라.

이렇게 먼 바다인 데다 9월이니까 분명 큰 녀석일 거야. 노인은 생각했다. 고기야, 미끼 좀 물어라, 어서. 제발 좀 물어. 얼마나 싱싱하다고. 넌 2백 미터 아래 어두컴컴하고 차가운 물속에 있잖아. 어두운 바닷속 한 번 돌고 와서 다시 먹어보렴.

노인은 미미하게나마 약한 입질을 느꼈다. 그 다음에는 좀 더 센 입질이 왔다. 낚싯바늘에서 정어리 대가리를 빼내기가 쉽지 않은 모양이었다. 얼마 뒤 고기는 잠잠해졌다.

노인은 소리 높여 외쳤다.

"자! 한 바퀴 더 돌고 와. 냄새도 한번 맡아보렴. 먹음직스럽지 않니? 이제 맛있게 먹어봐. 그 다음은 다랑어야. 살도 탄탄하고 신선한 데다 맛도 끝내준다니까. 고기야, 주저하지 말고 어서 물어."

노인은 손가락으로 낚싯줄을 잡은 채 주시하며 기다렸다. 행여나 물고기가 위쪽이나 아래쪽으로 움직일세라 다른 낚싯줄들도 번갈아 가며 살폈다. 그런데 그때 아까와 같은 약한 입질이 다시 느껴졌다.

"분명히 물 거야. 신이시여! 미끼를 물게 도와주소서."

노인이 큰 소리로 외쳤다.

그러나 고기는 끝내 미끼를 물지 않았다. 달아나버렸는지, 노인은 아무것도 느낄 수 없었다.

"가버렸을 리 없어. 절대 그럴 리 없다고. 한 바퀴 도는 중일 거야. 어쩌면 전에 낚싯줄에 걸린 적이 있어서, 뭔가 기억난 건지도 몰라."

그 순간 낚싯줄에서 가벼운 입질이 느껴졌다. 노인의 얼굴에 미소가 번졌다.

"돌고 오느라 그랬구나. 이제 미끼를 물 차례야."

노인이 고기의 가벼운 입질에 기분이 들떠있을 때, 갑자기 상당히 묵직하고 센 느낌이 왔다. 녀석이 걸려든 것이다. 노인은 낚싯줄이 아래로 술술 풀려가게 놔둔 채 예비 낚싯줄 뭉치 하나를 풀었다. 낚싯줄이 손가락 사이로 미끄러지듯 풀려나갈 때 노인은 손가락에 거의 힘을 안 주고 있었지만 묵직한 무게감은 여전히 느낄 수 있었다.

"요놈 대단하네. 지금 미끼를 옆으로 길게 문 채로 도망가고 있어."

노인이 감탄했다.

저러다 바로 돌려서 꿀꺽 삼켜버리겠지. 노인은 생각했다. 하지만 이 생각은 입 밖에 내지 않았다. 자칫 좋은 일을 떠벌리다간 일을 그르칠 수 있기 때문이다. 노인은 어마어마하게 큰 녀석이라 확신하면서, 다랑어를 옆으로 길게 문 채 캄캄한 바닷속으로 달아나는 모습을 그려보았다. 그때 고기의 움직임이 멈추는 느낌이 들었지만 무게감은 여전했다. 차츰 무게가 더해지자 노인은 줄을 좀 더 풀었다. 잠시 낚싯줄을 잡은 손가락에 힘을 줘 당겨봤는데, 아까보다 더한 묵직함과 함께 아래쪽으로 쭉 끌어당기는 느낌이 전해져 왔다.

노인은 확신했다.

"완전히 물었어. 이젠 녀석이 실컷 먹게 내버려 두면 돼."

노인은 낚싯줄이 손가락 사이로 술술 풀려나가게 놔두는 한편, 왼손을 뻗어 예비 낚싯줄 두 뭉치의 끝부분을 바로 옆 낚싯줄의 예비 낚싯줄 두 뭉치에 단단히 고정했다. 모든 준비가 끝났다. 노인은 이제 원래 사용하던 한 뭉치 말고도 72미터짜리 세 뭉치를 여분으로 더 가지게 된 셈이었다.

"좀 더 먹어봐. 완전히 삼켜버리라고."

노인은 그렇게 재촉하며 속으로 생각했다.

꿀꺽 삼켜. 낚싯바늘 끝이 네 심장을 파고들어 숨통을 끊어놓게 말이야. 힘 빼지 말고 올라오렴. 내 작살로 찔러주마. 좋아. 준비됐어? 충분히 먹었겠지?

"지금이야!"

노인은 크게 소리치며 양손으로 낚싯줄을 힘껏 잡아당겨 1미터 정도 쳐들더니, 젖 먹던 힘을 다해 체중까지 실어 팔을 바꿔가며 계속해서 끌어올렸다.

하지만 아무 일도 일어나지 않았다. 고기는 유유히 멀어져갔고 노인은 고기를 조금도 들어 올리지 못했다. 노인이 사용하는 낚싯줄은 큰 고기를 낚는 용도로 만들어져 무척 튼튼했다. 노인은 낚싯줄을 등에 둘러매고 버텼다. 그러자 줄이 팽팽해지면서 물방울이 튀더니 물속에서 쉬-이 하는 소리가 나기 시작했다. 노인은 그 자리에 단단히 버티고 앉아 상체를 뒤로 젖힌 채 줄을 계속 잡고 있었다. 배가 서서히 북서쪽으로 움직이기 시작했다.

고기는 쉼 없이 앞으로 나아갔고, 노인과 배도 잔잔한 바다 위를 유유히 흘러갔다. 다른 미끼고기들이 여전히 물속에 있었지만 달리 어찌 해볼 도리가 없었다.

"그 애가 있었으면 좋으련만. 고기한테 끌려가는 꼴이라니. 영락없이 닻줄 감는 말뚝 신세로군. 줄을 단단히 묶어놔도 되지만 그러다 녀석이 끊어버리면 큰일이지. 최대한 붙잡고 있다가 녀석이 줄을 당기면 풀어줘야 해. 바다 밑으로 안 내려가는 것만도 얼마나 다행이야."

노인은 호탕하게 말했다.

혹시 녀석이 아래쪽으로 내려가면 어쩌지? 느닷없이 물속에 고꾸라져 죽기라도 하면? 아니야, 무슨 수가 있을 거야. 방법은 많아.

노인은 낚싯줄을 등에 두른 채 바닷속 비스듬히 기운 줄을 유심히 쳐다보았다. 돛단배는 북서쪽으로 쉬지 않고 움직였다.

저러다 녀석은 죽게 될 거야. 노인은 생각했다. 저런 식으로 계속 갈 수는 없어. 하지만 네 시간이 지난 뒤에도 여전히 고기는 돛단배를 끌고 먼 바다로 헤엄쳐 가고 있었다. 노인도 여전히 등에 낚싯줄을 두른 채 꿈쩍 않고 버티는 중이었다.

"녀석이 걸렸을 때가 정오였어. 그런데 여태 녀석 코빼기도 보질 못했으니."

노인이 구시렁댔다.

고기가 낚싯줄에 걸리기 전부터 밀짚모자를 꾹 눌러쓰고 있었더니 이마가 쓰라렸다. 게다가 목까지 말랐다. 노인은 줄이 당겨지지 않도록 주의하면서 뱃머리 쪽으로 몸을 최대한 움직이더니 손을 쭉 뻗어 물병을 잡았다. 뚜껑을 열고 물을 조금 마셨다. 그런 다음 뱃머리에 몸을 기댔다. 돛대를 눕혀놓은 곳에 앉아 쉬면서, 그저 버티는 것 말고는 아무 생각도 하지 않으려 애썼다.

노인은 뒤를 돌아보았다. 육지라곤 전혀 보이지 않았다. 그렇다고 달라질 건 없어. 노인은 생각했다. 아바나의 불빛만 있으면 언제든 돌아갈 수 있다고. 두 시간만 지나면 해가 질 텐데, 그 전에는 녀석이 떠오르겠지. 안 그러면 달과 함께 떠오를지 몰라. 그것도 아니면 다음 날 동이 트면 떠오르겠지. 난 손에 쥐도 안 나고 쌩쌩하잖아. 주둥이에 낚싯바늘이 걸린 건 녀석이라고. 그런데도 저렇게 끌어당기는 걸 보면 정말 대단해. 낚싯줄을 꽉 물고 있는 게 틀림없어. 녀석 좀 봤으면 좋겠구만. 내가 어떤 녀석을 상대하는지 한 번만이라도 보고 싶어.

고기는 밤새 항로나 방향을 바꾸지 않았다. 노인이 별을 보며 판단한 바로는 그랬다. 해가 지자 날이 쌀

쌀해졌고 노인의 등줄기와 팔, 야윈 다리에 흐르던 땀도 마르면서 한기가 느껴졌다. 낮 동안 노인은 미끼 상자를 덮은 포대를 쫙 펼쳐 햇볕에 말렸다. 해가 지자 포대를 등에 두르고 그 양쪽 끝을 목에 묶은 후 지금껏 등에 둘러맨 낚싯줄 밑으로 포대를 조심스레 밀어 넣었다. 덕분에 낚싯줄에 배긴 부분도 덜 아팠다. 게다가 몸을 구부려 뱃머리에 기댈 방법도 찾으니 몸이 한결 편해졌다. 실은 겨우 참을만해진 것뿐이지만 그 정도면 거의 편해진 거나 다름없었다.

난 녀석에게 할 수 있는 일이 없고, 녀석도 내게 할 수 있는 일이 없어. 노인은 생각했다. 녀석이 이런 식으로 계속 버티는 한 말이야.

한번은 노인이 일어나 배 한쪽에서 소변을 누고, 별을 쳐다보며 고기의 진로를 살핀 적이 있었다. 어깨를 타고 물속으로 쭉 뻗어 내려간 낚싯줄 모양새가 마치 한 줄기 인광 띠 같았다. 그런데 배의 움직임이 아까보다 느렸고 아바나의 불빛도 그다지 선명하지 않았다. 노인은 해류 때문에 배가 동쪽으로 밀리고 있음을 알아챘다. 아바나의 불빛이 안 보인다면 동쪽으로 치우쳐 가고 있는 게 틀림없어. 노인은 생각했다. 녀석이 제대로 갔다면 몇 시간 더 불빛이 보였을 테니까. 오늘 메이저 리그 경기는 어떻게 됐을까. 이럴 때 라디오가 있으면 오죽 좋아. 그러다가 노인은 마음을 고쳐먹었다. 녀석을 잊으면 안 돼. 네가 뭘 하는 중인지 생각하라고. 쓸데없는 생각 하지 말고.

그러더니 노인이 큰 소리로 말했다.

"그 애가 있었으면 좋았을 텐데. 나도 도와주고 이것도 보고."

나이가 들면 혼자 있으면 안 돼. 노인은 생각했다. 하지만 어쩌겠어. 상하기 전에 다랑어나 꼭 챙겨 먹자. 그래야 계속 힘을 내지. 명심해. 별로 먹고 싶지 않아도 아침에 꼭 먹어둬야 해. 잊지 마.

밤사이 돌고래 두 마리가 배 주위에 다가왔고 녀석들이 몸을 흔들며 물을 내뿜는 소리가 들렸다. 노인은 수놈이 물을 내뿜는 소리와 암놈이 한숨짓는 소리를 구분할 줄 알았다.

"녀석들 보기 좋구나. 신나게 놀고 장난도 치고 사랑도 나누고. 날치처럼 우리 형제들이지."

말이 끝나는 순간, 노인은 낚싯바늘에 걸린 큰 고기가 애처롭게 느껴졌다. 멋지면서도 참 희한한 녀석이야. 노인은 생각했다. 몇 살이나 먹었을까. 저렇게 힘도 센 데다 이상하게 구는 녀석은 난생처음이야. 날뛰지도 않는 걸 보면 꽤 영리한가 봐. 날뛰거나 사납게 달려들면 날 무너뜨리고도 남을 텐데, 전에 낚싯줄에 여러 번 걸려본 모양이지. 이런 식으로 싸워야 한다는 걸 알고 있으니 말이야. 녀석은 제 상대가 한 사람뿐이고, 그것도 한낱 늙은이에 불과하다는 걸 알 리 없겠지. 아무튼 굉장히 큰 녀석이고 거기에 육질까지 좋다면 시장에서 값을 제법 받겠는걸. 미끼를 무는 품새며 잡아당기는 힘이 수놈다워. 싸울 땐 겁먹은 기색 하나 없고. 녀석에게 무슨 계획이라도 있는 걸까? 아니면 그냥 나처럼 필사적으로 버티는 걸까?

노인은 예전에 청새치 한 쌍 중 한 마리를 잡았던 일이 생각났다. 청새치 수놈은 늘 암놈부터 먹이를 먹게 한다. 그런데 암놈이 낚싯바늘에 걸리면서 겁에 질려 죽기 살기로 저항하다 이내 녹초가 돼버리자, 수놈은 낚싯줄을 가로지르거나 암놈 주변의 수면을 맴돌며 그 곁에 머물렀다. 수놈이 암놈과 워낙 가까이 있던 터라, 꼬리로 낚싯줄을 끊어버리지나 않을까 노인은 노심초사했다. 꼬리가 낫처럼 날카로운 데다 모양이며 크기도 낫과 거의 비슷했기 때문이다. 노인은 결국 암놈을 갈고리로 찍은 뒤, 가장자리가 꺼끌꺼끌하고 검투용 칼처럼 길고 예리한 주둥이를 잡은 채 몸 색깔이 거울 뒷면처럼 거의 납빛으로 변할 때까지 정수리를 몽둥이로 후려치고는, 소년의 도움을 받아 배 위로 끌어올렸다. 그때까지 수놈은 배 옆을 떠나지 않았다. 그러다가 노인이 낚싯줄을 치우고 작살을 준비하자, 수놈은 암놈을 마지막으로 보려는 듯 배 뒤쪽에서 하늘 높이 솟구쳐 오르더니, 연보랏빛 가슴지느러미를 날개처럼 활짝 펴 연보라색 굵은 줄무늬를 고스란히 드러내고는 물속으로 멀리멀리 사라져갔다. 멋진 놈이었어. 노인은 당시를 떠올렸다. 게다가 제 짝 옆을 떠나지도 않았고.

청새치를 잡으면서 그런 슬픈 광경은 처음이었어. 노인은 생각했다. 그 애가 하도 슬퍼해서 암놈에게 용서를 빈 다음, 바로 도살해버렸지.

"그 애가 여기 있었으면 얼마나 좋을까."

노인은 크게 한숨짓고는 둥그스름한 뱃머리에 자리를 잡고 앉았다. 고기가 어느 쪽을 선택했든, 그 방향으로 배가 쉼 없이 끌려가는 동안 등에 두른 낚싯줄을 통해 거대한 고기의 힘이 고스란히 느껴졌다.

일단 내 꼬임에 넘어간 이상 녀석도 선택을 할 수밖에 없었을 거야. 노인은 생각했다.

녀석이 선택한 건 올가미와 덫, 미끼로부터 멀리 멀리 벗어나 깊고 어두운 바닷속에 꽁꽁 숨자는 거겠지. 그리고 그런 녀석을 끝까지 쫓아가서 누구보다 먼저 잡겠다는 게 내 선택이고. 세상 그 누구보다 먼저 말이지. 지금 우리는 함께 있어. 정오부터 쭉 말이야. 게다가 우릴 도와줄 사람도 하나 없어.

차라리 어부가 되지 말걸. 노인은 생각했다. 하지만 내 천직이야. 동이 트면 잊지 말고 다랑어나 먹어두자.

그런데 동이 트기 얼마 전, 뒤쪽에 있는 미끼에 뭔가가 걸렸다. 막대찌가 부러지는 소리가 나더니 낚싯줄이 뱃전 너머로 마구 풀려나갔다. 컴컴한 가운데 노인은 칼집에서 단검을 뽑더니, 앞서 잡은 청새치의 힘을 왼쪽 어깨로만 버티며 몸을 뒤로 틀고 뱃전에 칼을 내리쳐 낚싯줄을 끊었다. 그런 다음 가장 가까이에 있는 다른 낚싯줄까지 끊더니, 그렇게 끊은 낚싯줄들을 어둠 속에서 서로 단단히 묶었다. 노인은 낚싯줄 뭉치가 움직이지 않도록 발로 밟은 상태에서 한 손으로 능숙하게 매듭을 지었다. 이로써 예비 낚싯줄 여섯 뭉치가 준비된 셈이다. 노인이 자른 두 개의 낚싯줄에 달린 예비 낚싯줄 네 뭉치에다 청새치가 물고 있는 낚싯줄에 달린 두 뭉치까지, 총 여섯 뭉치가 모두 연결된 상태였다.

날이 밝으면 72미터짜리 낚싯줄도 끊어버리고 거기 예비 낚싯줄도 연결해버려야지. 노인은 생각했다. 이거 360미터나 되는 튼튼한 카탈루냐산 낚싯줄에다 낚싯바늘, 목줄까지 몽땅 잃게 생겼네. 그거야 또 구하면 되지. 하지만 괜한 녀석을 잡으려다 이 녀석을 놓쳐버리면 누가 보상해주겠어. 좀 전에 어떤 녀석이 미끼를 물었을까? 청새치나 황새치? 어쩌면 상어였을지도 몰라. 느낄 새조차 없었어. 잽싸게 끊어버려야 했으니까.

그러다 노인은 큰 소리로 말했다.

"그 애가 있었으면 좋았을 텐데."

하지만 그 앤 여기 없어. 노인은 생각했다. 너 혼자뿐이라고. 캄캄하든 아니든, 이제 마지막 남은 낚싯줄을 자르고 예비 낚싯줄 두 뭉치도 마저 연결하는 게 좋겠어.

노인은 그렇게 했다. 어두운 곳에서 그런 일을 하기란 쉽지 않았다. 게다가 물고기가 갑자기 요동치는 바람에 바닥에 엎어지면서 눈 밑이 긁히고 말았다. 피가 뺨으로 조금 흘렀지만 턱에 이르기 전에 말라붙었다. 노인은 뱃머리 쪽으로 돌아가서 나무 상판에 몸을 기댔다. 등에 걸친 포대를 바로잡고 낚싯줄이 어깨의 다른 부분을 지나도록 조심스레 옆으로 옮긴 다음, 어깨에 단단히 고정시켜 고기가 끌어당기는 힘을 유심히 느껴보았다. 그러면서 한 손을 물속에 집어넣어 배의 이동 속도를 느꼈다.

녀석, 왜 그렇게 요동을 친 거지? 노인은 생각했다. 그 큰 언덕 같은 등에 목줄이 스친 게 분명해. 그래도 내 등만큼 심하게 아프진 않을걸. 아무리 대단한 놈이라도 이 배를 계속 끌고 가진 못할 거야. 이제 문제 될만한 건 죄다 치웠고 여분의 낚싯줄도 넉넉해. 더 바랄 게 없어.

"고기야! 죽을 때까지 너와 함께할 거다."

노인은 큰 소리로 다정하게 말했다.

녀석도 나와 함께하겠지. 노인은 생각하며 날이 밝길 기다렸다. 동이 트기 전이라 그런지 쌀쌀했다. 노인은 뱃머리 상판 쪽으로 몸을 잔뜩 웅크려 추위를 피했다. 녀석이 한다면 나도 끝까지 한다고. 노인은 굳게 다짐했다. 새벽 여명이 밝아오는 가운데 낚싯줄이 깊은 바닷속으로 쭉 뻗어있었다. 배는 쉼 없이 이동했고 해가 가장자리 부분부터 서서히 모습을 드러내면서 노인의 오른쪽 어깨를 내리비췄다.

노인이 말했다.

"녀석이 북쪽으로 향하는군."

하지만 해류 때문에 멀리 동쪽으로 향하게 될 거야. 노인은 생각했다. 녀석이 해류를 타고 방향을 돌렸으면 좋으련만. 그건 녀석이 지쳐가고 있다는 증거겠지.

해가 더 높이 떠올랐을 때, 노인은 고기가 지치지

않았다는 걸 깨달았다. 유리한 조짐이라곤 딱 하나뿐이었다. 낚싯줄이 기울어진 모양새를 보니, 이전보다 좀 더 위로 올라와 헤엄을 치고 있는듯했다. 그렇다고 녀석이 반드시 뛰어오를 거란 얘기는 아니었다. 하지만 가능성은 있었다.

“녀석이 뛰어오르게 해주세요. 녀석을 처리할 낚싯줄도 충분히 있다고요.”

낚싯줄을 더 팽팽하게 당기면 아파서 뛰어오를지도 몰라. 노인은 생각했다. 날도 밝았으니 뛰어오르게 하자. 그러면 등뼈 쪽에 자리한 부레에 공기가 가득 차서 깊이 내려가 죽는 일 따윈 없을 테니까.

노인은 줄을 당겨보려 했다. 하지만 낚싯줄은 고기가 걸렸던 순간부터 아주 팽팽해서 거의 끊어지기 일보 직전이었다. 노인은 몸을 뒤로 젖혀 줄을 당겼다가 엄청난 힘을 느꼈다. 더 이상 잡아당기면 큰일 나겠다 싶었다. 홱 잡아당기면 안 돼. 노인은 생각했다. 자꾸 잡아당기면 그때마다 낚싯바늘에 걸린 부분이 벌어지고, 그러다 녀석이 뛰어오르면서 빠질 수도 있어. 그나저나 해가 뜨니 훨씬 좋군. 이번에는 해를 정면에서 보지 않아도 되고 말이야.

낚싯줄에는 누런 해조가 달라붙어 있었지만 덕분에 물고기가 더 힘들어질 거라는 생각에 내심 반가웠다. 밤사이 인광을 쉴 새 없이 번뜩이던 것이 바로 이 누런 모자반이었다.

노인은 말했다.

"고기야! 난 널 무척 아끼고 존경한단다. 하지만 오늘이 가기 전에 끝장내줄게."

우리 그러길 바라자. 노인은 생각했다.

작은 새 한 마리가 북쪽에서 돛단배를 향해 날아왔다. 휘파람새였다. 바다 위를 아주 낮게 날고 있었다. 노인은 새가 무척 지쳤다는 걸 한눈에 알아보았다.

새는 선미에 내려앉아 쉬었다. 이윽고 노인의 머리 주변을 돌더니 좀 더 편안해 보였는지 낚싯줄 위에 자리를 잡았다.

"몇 살이니? 이번이 첫 여행이니?"

노인은 새에게 물었다.

그러는 동안 새는 노인을 빤히 쳐다보았다. 낚싯줄을 제대로 살필 기운도 없을 만큼 피곤한 모양이었다.

가녀린 발로 줄을 단단히 움켜잡고는 위태롭게 앉아 있었다.

"튼튼한 줄이란다. 아주 튼튼하지. 간밤엔 바람도 잠잠했는데, 뭐가 그리 피곤할꼬. 앞으로 어쩌려고?"

매가 이 꼬마들을 만나러 바다로 나오겠지. 노인은 생각했다. 하지만 노인은 새들에게 이런 말을 하지 않았다. 말해봐야 알아들을 리도 없거니와, 조만간 매에 대해 알게 될 테니까.

"푹 쉬어라, 꼬마야. 그러고 나서 육지로 날아가 사람이나 물고기, 다른 새 들처럼 뭐든 해보는 거야."

이렇게 이야기라도 하니 기분이 나아졌다. 밤사이 등이 뻣뻣하게 굳은 데다 지금은 욱신욱신 쑤시기까지 했다.

"원한다면 내 배에서 머물거라. 돛을 올리고 살랑살랑 부는 바람을 타고 육지까지 데려다주지 못해 미안하구나. 상대하는 친구가 있어서 말이야."

노인이 말했다.

그런데 그때, 물고기가 갑자기 요동을 치며 낚싯줄을 당기는 통에 노인이 뱃머리 쪽으로 곤두박질치고 말았다. 단단히 버티고 앉아 낚싯줄을 풀어주지 않았다면 자칫 배 밖으로 끌려갈 뻔했다.

낚싯줄이 갑자기 움직인 사이 새가 날아가 버려, 노인은 새가 떠나는 것도 보지 못했다. 오른손으로 낚싯줄을 조심스레 만지던 노인은 손에서 피가 나는 걸 발견했다.

"뭔가가 녀석을 아프게 했나 보군."

노인은 고기의 방향을 바꿀 수 있는지 살펴보려고 낚싯줄을 잡아당겼다. 하지만 금방이라도 끊어질 것만 같았다. 노인은 팽팽해진 낚싯줄을 그냥 잡은 채로 꿋꿋하게 버텼다.

"이제 너도 아프지, 고기야. 나도 그렇단다."

노인은 말동무로 맘에 들었는지 주변을 두리번거리며 새를 찾았다. 하지만 새는 가고 없었다.

별로 쉬지도 못하고 갔네. 노인은 생각했다. 해안에 다다를 때까지 가는 길이 꽤 험난할 텐데. 그나저나 고기가 한 번 당겼다고 상처까지 입다니. 점점 멍청해지나 봐. 아니면 꼬마 새한테 정신이 팔려서 그랬나. 이제 정신 바짝 차려야겠어. 기운 빠지지 않게 다랑어도 먹어둬야지.

노인은 소리 내어 말했다.

"그 애가 여기 있었으면 얼마나 좋을까. 소금도 있었으면."

노인은 묵직한 낚싯줄을 왼쪽 어깨로 옮긴 다음 조심스레 무릎을 굽히더니 바닷물에 손을 푹 담갔다. 손을 씻는 동안 피가 흘러나와 길게 꼬리를 그리며 사라졌다. 노인은 그 모습과 배가 이동할 때 끊임없이 손에 부딪치는 물살의 움직임을 유심히 바라보며 말했다.

"녀석이 많이 느려졌어."

노인은 짠 바닷물에 손을 좀 더 담그고 싶었지만 고기가 갑자기 또 요동칠까 봐 이내 몸을 일으키고는 단단히 버티고 앉았다. 그리고 손을 들어 햇볕에 쪼였다. 낚싯줄에 쓸리면서 살갗이 벗겨진 것뿐이지만 자주 사용하는 부위였다. 이 일이 끝날 때까지 노인에게는 손이 꼭 필요했고, 시작도 하기 전부터 다치고 싶지 않았다.

손을 다 말린 노인은 말했다.

"이제 새끼 다랑어를 먹어볼까. 녀석을 갈고리로

끌어당겨 여기서 편안하게 먹어야지."

노인은 무릎을 굽혀 선미 아래에 있는 다랑어를 갈고리로 꺼내 둘둘 말아둔 낚싯줄을 피해가며 자기 쪽으로 끌어당겼다. 왼쪽 어깨로 낚싯줄을 받치고 왼손과 왼팔로 버티며, 다랑어에서 갈고리를 빼내 도로 제자리에 두었다. 노인은 한쪽 무릎으로 다랑어를 누르더니 대가리에서부터 꼬리까지 불그스름한 살을 길게 저몄다. 쐐기 모양의 기다란 살 조각이었다. 노인은 그것들을 등뼈 근처에서 배 가장자리까지 아래로 잘랐다. 그렇게 여섯 조각으로 잘라 뱃머리 상판에 펼쳐놓은 뒤 칼을 바지에 쓱쓱 문지르더니, 다랑어 사체 꼬리를 들어 배 밖으로 던져버렸다.

"하나 다 못 먹을 것 같은데."

노인은 칼로 살점 하나를 잘라 나눴다. 낚싯줄을 당기는 힘이 여전히 강하다고 느끼는 와중에 왼손에 쥐가 났다. 묵직한 낚싯줄을 잡은 손이 뻣뻣하게 오그라들었고 노인은 그런 손을 바라보며 짜증을 냈다.

"무슨 놈의 손이 이 모양이야. 쥐가 날 테면 나보라지. 어디 잔뜩 오므려보시라고. 그래 봐야 아무 소용 없을걸."

노인은 짙은 바닷속에 비스듬히 드리워진 낚싯줄을 바라보며 생각했다. 자, 이제 먹어볼까. 그럼 손에 힘이 생길 거야. 손이 무슨 잘못이겠어. 자네가 몇 시간째 저 녀석을 상대하고 있잖아. 하지만 계속될 수도 있어. 어서 다랑어나 먹어두자고.

노인은 한 조각을 집어 입에 넣고는 천천히 씹었다. 맛이 그리 나쁘진 않았다.

꼭꼭 씹어. 즙까지 모조리 삼켜. 라임이나 레몬, 소금 좀 있으면 그런대로 먹을만할 텐데.

노인은 쥐가 나서 사후경직된 것처럼 뻣뻣해진 손에게 물었다.

"손아, 좀 어떠니? 널 위해 좀 더 먹을게."

노인은 반으로 자른 나머지 조각도 입에 넣어 꼭꼭 씹고 껍질은 뱉었다.

"손아! 이제 좀 어때? 너무 빨리 물어봤니?"

노인은 다른 조각을 들어 통째로 입에 넣고 씹었다.

고놈 육질도 단단하고 싱싱한데. 노인은 생각했다. 만새기 대신 녀석을 잡아 다행이야. 만새기는 너무 들큼해. 하지만 이 놈은 들큼하지도 않고 영양까지 풍부하다니까.

그래도 먹질 못하면 아무 소용 없지. 소금 좀 있으면 좋겠구먼. 그리고 고기를 남기면 볕에 썩거나 말라버릴지도 몰라. 그러니 배가 안 고파도 마저 먹어두는 편이 낫겠어. 물고기 녀석, 시종일관 침착하군. 전부 먹어둬야지. 그럼 준비 끝!

"조금만 참자, 손아. 널 위해 이렇게 먹고 있잖니."

고기한테도 먹이를 줬으면 좋을 텐데. 노인은 생각했다. 내 형제나 마찬가지니까. 하지만 난 녀석을 죽여야 하고 그러려면 힘을 내야 해. 노인은 쐐기 모양의 살점을 천천히 꼭꼭 씹어 전부 먹어치웠다.

노인은 몸을 똑바로 펴고는 바지에 손을 닦았다.

"자, 손아! 이제 낚싯줄을 놔도 돼. 네가 이런 바보 같은 짓을 그만둘 때까지 오른팔로만 녀석을 상대해 주마."

노인은 왼손으로 잡고 있던 묵직한 낚싯줄을 왼발로 밟더니, 몸을 뒤로 젖히며 등으로 낚싯줄을 지탱했다.

"하나님, 쥐가 풀리게 도와주세요. 녀석이 어떻게

나올지 모른다고요."

노인은 기도했다.

한데 녀석이 조용하네. 노인은 생각했다. 계획대로 착착 진행되고 있나 보군. 그 계획이란 게 뭘까? 그럼 내 계획은? 무지 큰 녀석이니 움직이는 거 보면서 그때그때 처리해야지. 녀석이 뛰어오르기만 하면 죽일 수 있는데, 밑에서 계속 버티겠지. 그럼 뭐 나도 녀석과 같이 영원히 버티는 수밖에.

노인은 쥐가 난 손을 바지에 문지르며 손가락을 살살 달래려고 애썼다. 하지만 손은 펴지지 않았다. 햇볕을 쬐면 펴지려나. 싱싱한 날고기가 소화되면 펴지려나. 꼭 필요한 상황이 오면 무슨 짓을 해서라도 펴고 말 거야. 하지만 지금은 억지로 펴고 싶지 않아. 스스로 펴져서 원래대로 돌아올 때까지 놔둬 보자. 어쨌든 밤사이 여러 줄을 끊고 풀고 하느라 손에 무리가 간 거니까.

노인은 바다를 둘러보다 문득 외로움이 북받쳐 올랐다. 하지만 깊고 어두운 바닷속에서 영롱하게 빛나는 무지갯빛과 앞으로 쭉 뻗어나간 낚싯줄, 잔잔하지만 신비롭게 너울대는 파도가 눈에 들어왔다. 무역풍이 불면서 구름까지 뭉게뭉게 모여들고 저 앞쪽 바다 위에서 청둥오리 떼가 하늘을 배경 삼아 선명하게 대형을 이뤘다가 흩어지고 다시 이루었다. 그 모습을 보며, 바다에서는 누구도 혼자가 아니라는 사실을 노인은 깨달았다.

어떤 사람들은 작은 배를 타고 육지가 안 보이는 곳까지 나가는 걸 무척 두려워한다. 날씨가 갑자기 나빠지는 시기에는 이들이 옳다는 걸 노인도 인정한다. 사실 지금은 허리케인이 몰려오는 계절이다. 하지만 허리케인이 오지 않으면 1년 중 이때만큼 날씨가 좋은 시기도 없다.

바다에 있다 보면 허리케인이 발생하기 며칠 전부터 하늘에 조짐이 보이지. 노인은 생각했다. 하지만 육지에선 허리케인을 알아차리지 못해. 뭘 살펴봐야 하는지 모르거든. 육지에서도 구름 모양이 분명 달라지긴 할 텐데. 아무튼 지금 우리에게 다가오는 허리케인은 없어.

노인은 하늘을 쳐다보았다. 아이스크림을 쌓아 올린

듯 새하얀 뭉게구름이 탐스럽게 피어올랐고 그 위로 엷은 새털구름이 드높은 9월 하늘을 살포시 감쌌다.

노인은 말했다.

"약한 무역풍이군. 고기야! 너보단 나한테 유리한 날씨구나."

왼손에 난 쥐는 여전했지만 노인은 천천히 손을 풀어주고 있었다.

쥐가 나는 건 딱 질색이야. 노인은 생각했다. 그건 제 몸에게 배신당하는 꼴이라고. 프토마인* 중독으로 설사나 구토를 하는 건 남에게 창피한 일이야. 하지만 쥐가 나는 건 스스로에게 창피한 일이지. 특히 혼자 있을 때는 더더욱. 노인은 쥐가 스페인어로 '칼람브레'라는 걸 떠올렸다.

그 애가 여기 있다면 손도 주물러주고 팔뚝 아래까지 시원하게 풀어줄 텐데. 노인은 생각했다. 하지만 곧 풀릴 거야.

그때였다. 낚싯줄을 당기는 힘이 달라진 게 오른손에 느껴졌다. 곧이어 노인은 물속에 드리운 낚싯줄의

* 단백질의 부패 과정에서 생기는 유독물.

기울기가 변한 걸 눈치챘다. 몸을 뒤로 젖혀 줄을 지탱하면서 왼손을 허벅지에 세게 내리치는데, 낚싯줄이 천천히 떠오르는 게 보였다.

"놈이 올라오고 있어. 손아! 돌아와. 제발 어서."

노인은 간절히 애원했다.

낚싯줄이 서서히 떠올랐다. 그러다가 배 앞쪽 수면이 불룩해지더니 드디어 고기가 모습을 드러냈다. 끝도 없이 떠오르는 고기의 양옆으로 물이 쏟아져 내렸다. 햇빛을 받아 눈부시게 빛났고 대가리와 등은 불그스름하고 옆구리의 굵직한 줄무늬는 연보랏빛을 띠었다. 날카로운 주둥이는 길이가 야구 방망이만 했고 검투사용 칼처럼 가늘고 뾰족했다. 드디어 몸 전체가 수면 위로 떠오르는가 싶더니 잠수부처럼 다시 물속으로 미끄러지듯 들어갔다. 거대한 낫 같은 꼬리가 가라앉으면서, 낚싯줄이 빠르게 풀려나가기 시작했다.

노인은 말했다.

"이 배보다 60센티미터는 더 길겠어."

낚싯줄은 빠르지만 일정하게 풀려나갔고 고기는 전혀 허둥대지 않았다. 노인은 양손으로 끊어지지 않을 정도로만 낚싯줄을 당기려고 노력했다. 계속 잡아당겨 물고기의 속도를 늦추지 못하면 고기가 낚싯줄을 죄다 끌고 나가 결국에는 끊어버릴 수도 있다는 걸 노인은 알고 있었다.

덩치가 어마어마한 녀석이니 일단 기선을 제압해야 해. 노인은 생각했다. 제 힘이 얼마나 센지, 자기가 날뛰면 무슨 짓을 할 수 있는지 절대 모르게 해야 한다고. 내가 녀석이라면, 이젠 젖 먹던 힘을 다해 뭐라도 끊어질 때까지 돌진해볼걸. 그런데 다행히 저 녀석들은 우리 인간만큼 영리하질 못해. 우리보다 고상하고 노련하긴 하지만 말이야.

노인은 커다란 고기를 숱하게 봐왔다. 무게가 무려 5백 킬로그램 가까이 나가는 고기도 많이 봤고, 살면서 그만한 크기의 고기도 두 번이나 잡아봤다. 하지만 이제 노인은 육지도 보이지 않는 곳에서 듣도 보도 못한 어마어마한 고기를 홀로 상대하고 있었다. 게다가 왼손은 여전히 움켜진 독수리 발톱처럼 잔뜩 오그라들어 있었다.

쥐는 풀릴 거야. 노인은 생각했다. 아무렴, 곧 풀려

서 오른손을 도와줄 거야. 지금 형제나 다름없는 녀석들이 세 놈 있어. 저 물고기와 내 두 손. 그러니 반드시 풀릴 거야. 쥐가 안 풀리면, 손으로서 부끄러운 일이야. 고기는 다시 원래 속도를 유지하며 천천히 나아갔다.

그나저나 녀석이 왜 그렇게 뛰어올랐지? 마치 자기가 얼마나 큰지 보여주려는 것 같았어. 어찌 됐든 나도 이젠 확실히 알았어. 내가 어떤 사람인지도 보여주면 좋을 텐데. 아참, 그랬다간 내 손에 쥐가 난 걸 녀석도 알아채겠지. 그냥 실제보다 더 센 사람이라고 생각하게 놔두자. 그리고 기필코 그렇게 될 거야. 내가 저 고기라면 얼마나 좋을까. 녀석은 모든 걸 걸고 내 의지와 내 판단하고만 싸우면 되잖아.

노인은 상판에 편하게 기댄 채 아프면 아픈 대로 버텼다. 물고기도 쉬지 않고 헤엄을 쳤고 배도 어두운 바다를 헤치며 천천히 움직였다. 동쪽에서 바람이 불어와 파도가 살짝 일렁였고 정오가 되자 왼손에 난 쥐도 풀렸다.

"너한테는 나쁜 소식이구나, 고기야."

노인은 어깨에 두른 포대 위의 낚싯줄 위치를 옮기며 말했다.

사실 좀 편해지긴 했어도 아픈 건 여전했다. 노인이 인정하지 않아서 그렇지.

"난 신앙심이 깊은 사람이 아닙니다. 하지만 이 고기를 잡을 수만 있다면 주기도문과 성모송을 열 번이라도 외우겠습니다. 내 약속하는데, 고기를 잡기만 하면 코브레 대성당의 성모를 뵈러 순례를 떠나겠습니다. 맹세합니다."

노인은 기계적으로 주기도문을 외우기 시작했다. 가끔씩 너무 피곤한 나머지 생각이 안 날 때도 있었는데, 그럴 때마다 빠르게 암송하면 저도 모르게 입에서 술술 나오곤 했다. 성모송이 주기도문보다 외우기 쉽다는 생각이 들었다.

"은총이 가득하신 마리아 님, 기뻐하소서! 주님께서 함께 계시니 여인 중에 복되시며 태중의 아들 예수님 또한 복되시나이다. 천주의 성모 마리아 님, 이제와 저희 죽을 때에 저희 죄인을 위하여 빌어주소서. 아멘." 노인은 이어서 말했다. "복되신 마리아 님, 이

고기의 죽음을 위해서도 빌어주소서. 물론 아주 멋진 녀석이긴 합니다만."

기도를 하면서 기분이 훨씬 나아지긴 했지만, 고통은 그만큼, 아니 한결 더 심해진 것 같았다. 그래서 노인은 뱃머리 상판에 몸을 기대고 왼손의 손가락들을 기계적으로 움직이기 시작했다.

바람이 살랑살랑 불고 있었지만 이제 햇살은 제법 따가웠다.

"저기 선미 쪽 짧은 줄에 미끼를 다시 달아놓는 게 좋겠어. 녀석이 하룻밤 더 버티기로 작정했다면 나도 먹을 게 필요할 테니 말이야. 병에 물도 별로 없는데. 여기선 잡아봐야 만새기뿐이겠지. 그래도 갓 잡아서 먹으면 그리 나쁘진 않을 거야. 오늘 밤에 날치가 배에 날아들면 좋으련만. 하지만 녀석들을 유인할 빛이 없네. 날치는 날로 먹어도 맛있고 잘게 자를 필요도 없어. 이젠 힘을 최대한 아껴야 해. 빌어먹을, 저렇게 큰 놈인 줄 누가 알았겠어."

노인은 말했다.

"하지만 녀석을 죽이고 말 거야. 녀석이 아무리 크

고 대단하더라도."

물론 옳은 일은 아니지만 그래도 녀석에게 보여주겠어. 노인은 생각했다. 인간이 어떻게 할 수 있는지, 인간이 얼마나 잘 버티는지 말이야.

"그 애한테도 내가 별난 노인이라고 했지. 지금이 그걸 분명히 보여줄 때야."

여태까지 수없이 보여줬더라도 상관없었다. 지금 노인은 또다시 보여주고 있었다. 매번 처음 하는 것 같았고, 그러는 동안은 과거에 대해 전혀 생각하지 않았다.

녀석이 잠 좀 잤으면 좋겠는데. 노인은 중얼거렸다. 그래야 나도 눈 좀 붙이고 사자 꿈도 꿀 수 있지. 한데 왜 자꾸 사자가 보이는 걸까? 이 늙은이야, 생각일랑 집어치워. 이제 상판에 편히 기대고 아무 생각도 하지 마. 녀석이 배를 끌고 있잖아. 되도록 움직이지 말게.

시간은 어느덧 오후로 접어들었고 배는 여전히 흔들림 없이 천천히 흘러갔다. 하지만 동풍이 불어서인지 이전보다 배가 더디게 움직였다. 노인은 작게 일렁이는 바다에 얌전히 몸을 맡겼고 등에 둘러맨 낚싯줄도 아프긴 했지만 한결 견딜만했다.

오후쯤에 한 번, 낚싯줄이 다시 요동치기 시작했다. 하지만 고기는 약간 떠오른 상태로 계속해서 헤엄을 쳤다. 태양이 노인의 왼팔과 어깨, 등을 비추고 있었다. 그래서 고기가 북동쪽으로 향한다는 걸 노인은 알아챘다.

노인은 물고기를 한 번 봤기 때문에, 고기가 보랏빛 가슴지느러미를 날개처럼 활짝 펼치고 곧게 선 거대한 꼬리로 어둠을 가르며 물속을 유영하는 모습을 머릿속에 그릴 수 있었다. 저런 깊은 곳에서 앞이 잘 보이려나? 노인은 생각했다. 뭐 녀석은 눈이 크니까. 녀석보다 눈이 훨씬 작은 말도 깜깜한데 잘 다니잖아. 나도 예전에는 어두워도 잘 봤지. 칠흑같이 어두운 곳에서야 힘들지만, 그래도 거의 고양이만큼은 잘 봤어.

따스한 햇살이 비추고 손가락을 계속 움직여준 탓일까. 이제 왼손의 쥐는 완전히 풀렸다. 노인은 왼손에 힘을 좀 더 주기 시작했고 등 근육도 살살 움직이며 자꾸 짓누르는 낚싯줄을 옆으로 조금씩 옮겼다.

"고기야! 아직까지 지치지 않았다면, 너야말로 진

짜 별난 녀석이구나."

노인은 큰 소리로 말했다.

이제 노인은 무척 지쳤고 곧 밤이 된다는 것도 알았다. 딴생각을 하려고 애쓰던 노인은 '그란 리가스', 메이저 리그를 뜻하는 스페인어를 떠올렸다. 생각해 보니 뉴욕 양키스와 디트로이트 타이거스의 경기가 있는 날이었다.

'후에고스*' 결과도 모르고 지낸 지 오늘로 이틀째네. 노인은 생각했다. 하지만 기운 내야 해. 그리고 저 위대한 디마지오처럼 행동해야지. 그 친구는 뒤꿈치에 생긴 뼈돌기 때문에 무척 아팠을 텐데도 모든 경기를 완벽하게 치러냈잖아. 근데 뼈돌기가 뭐더라? 노인은 스스로에게 물었다. '운 에스푸엘라 우에소'였던가. 우리 같은 어부한테는 안 생기는데. 투계의 쇠발톱이 뒤꿈치에 박힌 것처럼 아플까? 나라면 그런 게 박히거나 시력을 잃고도 싸움닭처럼 끝까지 싸우는 짓은 못 할 것 같아. 거대한 새나 짐승에 비하면 인간은 보잘것없는 존재야. 차라리 어두운 바다 밑의

* Juegos, 스페인어로 '경기', '시합'을 뜻함.

저 괴물이 되고 싶어.

"상어 떼가 오지 않는다면 말이야. 상어 떼가 온다면, 신이시여! 녀석과 저를 불쌍히 여기소서."

내가 이 녀석을 상대한 시간만큼 저 위대한 디마지오도 물고기를 상대할 수 있을까? 노인은 생각했다. 상대하고말고. 아니, 더 잘할걸. 디마지오는 나이도 젊고 힘도 세니까. 게다가 그의 아버지도 어부였잖아. 하지만 뼈돌기 때문에 많이 고통스럽겠지?

"모르지. 뼈돌기가 생긴 적이 없으니까."

노인은 큰 소리로 말했다.

해가 뉘엿뉘엿 넘어가자, 노인은 마음을 다잡기 위해 카사블랑카에 있는 선술집에서 덩치 큰 흑인과 팔씨름했던 일을 떠올렸다. 흑인은 시엔푸에고스* 출신으로 부둣가에서 제일 힘센 사나이였다. 두 사람은 분필 선을 그은 탁자 위에 팔꿈치를 대고 팔을 똑바로 세운 뒤 서로 손을 단단히 맞잡은 채 한나절하고도 하룻밤을 꼬박 버텼다. 각자 상대방 손을 탁자 쪽으로 넘기려고 안간힘을 썼다. 그러는 사이 큰돈이 걸렸고

* 쿠바의 항구 도시.

등유 불빛을 환하게 밝힌 술집에는 구경꾼들이 쉴 새 없이 드나들었다. 노인은 흑인의 팔과 손을 보다가 고개를 들어 얼굴을 쳐다보았다. 여덟 시간이 지나면서부터는 네 시간마다 심판을 바꿨는데, 심판도 자야 하기 때문이었다. 손톱에 눌려 손바닥에 피가 맺힌 두 사람은 서로를 똑바로 쳐다보더니 손과 팔을 응시했다. 돈을 건 사람들도 실내를 들락날락하다가 벽에 기대놓은 높은 의자에 자리를 잡고 앉아 유심히 지켜보았다. 나무로 만든 벽에는 하늘색 페인트가 칠해져 있었고 등유 불빛이 두 사람의 그림자를 벽면에 드리웠다. 불빛이 바람에 흔들릴 때마다, 벽에 비친 흑인의 커다란 그림자도 따라 흔들렸다.

밤새 엎치락뒤치락하며 승패가 안 나자, 구경꾼들은 흑인에게 럼주를 먹이고 담배에 불까지 붙여주었다. 그러자 럼주를 마신 흑인이 가공할만한 힘을 내뿜었고, 마침내 노인의 팔이 꺾이기 거의 일보 직전에 이르렀다. 하지만 당시 늙기는커녕 '엘 캄페온** 산티아고'라고 불리던 노인은 죽을힘을 다해 팔을 다시 일

** 스페인어로 '챔피언', '영웅'을 뜻함.

으켜 세웠다. 그리고 그때 확신했다. 건장하고 훌륭한 운동선수 같은 흑인을 이긴 거나 진배없다고 말이다. 날이 밝자, 돈을 건 사람들이 비긴 거로 하자며 여기저기서 난리였고 심판도 별수 없다며 고개를 절레절레 흔들고 있었다. 바로 그때였다. 노인이 있는 힘껏 용을 쓰며 흑인의 손을 누르고 또 누르더니 나무 탁자에 완전히 내리꽂았다. 이 시합은 일요일 아침에 시작해서 월요일 아침에 끝났다. 사실 돈을 건 사람들 대다수가 무승부로 하자고 한 건, 부두에 가서 설탕 자루를 적재하거나 아바나 석탄 회사에 출근해야 하기 때문이었다. 안 그랬다면 다들 시합이 끝까지 가기를 원했을 것이다. 어찌 됐건 노인은 시합을 끝냈다. 그것도 다들 일하러 가기 전에 말이다.

그 후 오랫동안 노인은 챔피언이라 불렸고 봄에는 재시합까지 치렀다. 하지만 이번에는 큰돈이 걸리지 않았고, 첫 시합 때 시엔푸에고스 출신 흑인의 코를 납작하게 만들어버린 탓인지 노인은 허무할 정도로 쉽게 이겨버렸다. 그 후 노인은 몇 차례 더 시합을 치르고는 그만두었다. 마음만 먹으면 누구든 이길 수 있었지만, 고기를 잡을 때 사용하는 오른손에 도움이 안 될 거라는 생각이 들었던 것이다. 노인은 시험 삼아 왼손으로 팔씨름을 몇 번 해보았다. 하지만 왼손은 번번이 노인을 배신했고 시키는 대로 하지도 않았다. 그래서 노인은 왼손을 믿지 않았다.

이제 햇볕에 왼손이 충분히 풀렸겠지. 노인은 생각했다. 밤에 기온이 많이 내려가지 않는다면 다시 쥐가 날 일은 없을 거야. 과연 오늘 밤에는 어떤 일이 벌어질까.

마이애미 방향으로 날아가는 비행기 한 대가 머리 위를 지나갔다. 노인은 비행기 그림자에 날치 떼가 겁을 먹고 뛰어오르는 모습을 지켜보며 말했다.

"날치가 저리 많으니 만새기도 분명 있을 거야."

노인은 고기가 걸린 낚싯줄을 당겨도 될지 알아보려고 낚싯줄에 기대 몸을 뒤로 젖혀보았다. 하지만 당겨지기는커녕 꿈쩍도 하지 않았다. 금방이라도 끊어질 듯 낚싯줄에 달린 물방울만 부르르 떨고 있었다. 배는 앞으로 천천히 나아갔고 노인은 보이지 않을 때까지 비행기에서 눈을 떼지 않았다.

비행기를 타고 있으면 기분이 이상하겠지. 노인은 생각했다. 저 높이에 있으면 바다는 어떻게 보일까? 너무 높이 날지만 않는다면 고기도 아주 잘 보일 거야. 3백 미터가 넘는 높이에서 아주 천천히 날아봤으면. 그러면서 고기도 보면 얼마나 좋을까. 거북잡이 배를 탔을 때도 돛대 꼭대기의 가로장에 올라가 봤지만 그 높이에서도 잘 보였어. 만새기의 초록빛은 더욱 짙어 보였고 줄무늬나 보랏빛 반점도 보였지. 녀석들이 떼로 헤엄치는 모습도 한눈에 볼 수 있었어. 거무스름한 물살을 빠르게 헤치며 나아가는 물고기의 등은 어째서 하나같이 보라색이고 줄무늬나 반점까지도 보라색이 많은 걸까? 물론 만새기는 초록색으로 보이는데, 원래 황금색이라서 그래. 하지만 배가 고파 먹이를 쫓을 때는 청새치처럼 옆구리에 보랏빛 줄무늬가 생기지. 흥분해서 그런 걸까? 아니면 속도를 내서 그런 줄무늬가 생기는 걸까?

어둠이 막 내려앉을 무렵, 배는 모자반으로 뒤덮인 커다란 섬을 지나고 있었다. 옅은 바다에 해조가 너울대며 들썩이는 모양새가 마치 누르스름한 담요 밑에서 바다가 뭔가와 사랑을 나누는듯했다. 바로 그때였다. 노인의 짧은 낚싯줄에 만새기 한 마리가 걸렸다. 노을빛으로 물든 황금색 만새기가 하늘로 솟구치며 격렬하게 몸을 비틀고 펄떡거릴 때, 노인은 녀석을 처음 보았다. 만새기가 겁에 잔뜩 질려 곡예하듯 연거푸 뛰어오르자, 노인은 다시 선미로 돌아가 웅크리고 앉은 채 오른손과 팔로 청새치가 걸린 낚싯줄을 움켜잡았다. 그리고 자꾸 풀려나가는 낚싯줄을 왼쪽 맨발로 누른 채 왼손으로 만새기를 잡아당겼다. 물고기가 죽기 살기로 몸부림치며 선미까지 끌려왔을 때, 노인은 선미 너머로 몸을 숙여 보랏빛 반점에 반짝반짝 윤이 나는 금빛 물고기를 끌어올렸다. 만새기는 낚싯바늘을 빼내려는지 경련을 일으키듯 주둥이를 맹렬하게 흔들어댔고 길쭉한 몸통과 꼬리, 대가리를 배 바닥에 사정없이 내려쳤다. 결국 노인한테 금빛 대가리를 몽둥이로 얻어맞고 나서야, 녀석은 몸을 바르르 떨고 조용해졌다.

노인은 만새기 주둥이에 있는 낚싯바늘을 빼고는 다른 정어리 조각을 달아 배 밖으로 던졌다. 그리고 다시 뱃머리로 천천히 움직였다. 노인은 왼손을 물에 씻고 바지에 닦았다. 그런 다음 묵직한 낚싯줄을 오른손에서 왼손으로 옮겨 잡더니 오른손을 바닷물에 씻으면서 수평선 너머로 지는 해와 비스듬히 뻗어있는 낚싯줄을 주시하며 말했다.

"녀석은 조금도 달라지지 않았군."

하지만 손에 부딪치는 물살의 움직임을 보면 고기가 눈에 띄게 느려졌다는 걸 알 수 있었다.

"선미 쪽에 노 두 개를 비스듬히 매달아놔야겠어. 그러면 밤사이 속도가 좀 느려지겠지. 오늘 밤도 녀석은 꿋꿋이 버틸 거야. 나도 마찬가지고."

만새기 내장은 조금 이따 빼내는 게 낫겠지. 그래야 고기 속에 피가 고일 테니까. 노인은 생각했다. 그 일은 이따 하고, 노를 매달아 속도를 늦추는 일도 그때 하자. 지금은 녀석을 조용히 놔두는 편이 좋겠어. 해도 졌으니 너무 귀찮게 하지 말자고. 이때쯤이면 고기들도 전부 지칠 때야.

노인은 바람결에 손을 말린 다음 낚싯줄을 움켜잡고는 되도록 편안한 자세로 뱃머리 상판에 엎드린 채 고기가 당기는 대로 배가 끌려가게 놔뒀다. 그랬더니 노인이 떠맡던 그 힘을, 아니 그보다 더 많은 힘을 배가 대신 떠맡게 되었다.

점점 요령도 생기네. 이런 부분에선 말이야. 게다가 녀석은 낚싯바늘에 걸린 후로 아무것도 못 먹었어. 덩치가 크니 먹성도 장난 아닐 텐데. 난 다랑어 하나를 통째로 먹었어. 내일은 만새기를 먹어둬야지. 노인은 만새기를 '도라도'라 불렀다. 만새기 내장을 빼내고 조금 먹어볼까. 다랑어 먹는 것보다는 고역이겠지. 하지만 세상에 쉬운 일이 어디 있겠어.

노인이 소리 높여 외쳤다.

"좀 어떠냐? 고기야, 난 기분도 좋고 왼손도 아주 좋아졌단다. 내일 낮까지 먹을 것도 있고. 고기야, 배를 끌어당겨라."

사실 노인은 기분이 그리 좋지 못했다. 낚싯줄이 등에 배기면서 이젠 고통을 넘어 거의 감각을 못 느낄 지경에 이르렀기 때문이다. 하지만 이보다 더 안 좋은 상황도 겪어봤잖아. 손에 난 상처도 별거 아니고 왼손에 난 쥐도 다 풀렸어. 다리도 멀쩡하고. 게다가 먹을

거리 걱정도 녀석보다 덜하고.

주위가 벌써 깜깜해졌다. 9월엔 해가 지면 빨리 어두워지기 때문이었다. 노인은 뱃머리 낡은 상판에 몸을 기대고는 되도록 푹 쉬었다. 첫 별이 나타났다. 노인은 리겔*이란 이름은 모르지만 그 별을 보자, 조만간 별들이 전부 모습을 드러낼 테고 그러면 저 멀리 반짝이는 별 친구들을 전부 만나게 되리라는 걸 알았다.

노인은 큰 소리로 말했다.

"고기도 내 친구지. 이런 녀석은 정말 듣도 보도 못했어. 하지만 난 녀석을 죽여야만 해. 별들은 죽이지 않아도 되니 얼마나 다행인가."

날마다 달을 죽여야 한다고 생각해봐. 노인은 생각했다. 달은 냅다 줄행랑을 놓겠지. 그럼 날마다 태양을 죽여야 한다면? 우리는 운이 좋은 거야.

그러고 나니 아무것도 못 먹은 큰 고기가 안쓰러웠다. 하지만 이렇게 마음이 아파도 녀석을 죽이겠다는 결심은 절대 흔들리지 않았다. 얼마나 많은 사람이 녀석을 먹게 될까. 한데 그들이 녀석을 먹을 자격이 있

* 선명한 푸른색을 띠는 오리온자리의 1등성.

을까? 없지. 없고말고. 녀석의 기품 있는 행동이나 위풍당당함을 보면, 녀석을 먹을 자격이 있는 사람은 하나도 없어.

그런 건 잘 모르겠어. 노인은 생각했다. 하지만 해나 달, 별은 안 죽여도 되니 얼마나 다행이야. 바다에 살면서 우리의 진정한 형제들을 죽이는 거로 충분해.

이제 선미에 노를 매다는 문제에 대해 생각해야 해. 물론 위험한 점도 있고 좋은 점도 있겠지. 만일 녀석이 배를 끌고 가는데 노 때문에 저항력이 생겨 배가 무거워지면 낚싯줄을 더 많이 풀어줘야 할지도 모르고 그랬다간 녀석을 놓칠 수도 있어. 배가 가벼우면 녀석이나 나나 고통은 연장되겠지만, 녀석이 한 번도 내본 적 없는 엄청난 속도로 돌진하고 있으니 내게 유리해. 어찌 됐든 만새기가 상하지 않게 내장을 빼내고 조금 먹어둬야겠어. 그래야 힘을 내지.

이제 한 시간쯤 쉬다가 그때까지도 녀석이 지친 기색 없이 쌩쌩하다 싶으면 선미로 돌아가 만새기 내장을 제거하면서 어떻게 할지 결정하자. 그사이 녀석이 어떻게 행동하는지, 바뀔 기미가 보이는지 눈여겨보면 돼. 노를 제동 장치로 사용하는 건 묘책이긴 하지만 지금은 신중해야 해. 녀석은 여전히 대단하고, 낚싯바늘이 주둥이 가장자리에 걸렸는데도 주둥이를 꽉 다물고 있다고. 낚싯바늘이라는 형벌은 아무것도 아닐 거야. 배고픔이라는 형벌, 그리고 정체 모를 존재를 상대하는 형벌이야말로 견디기 힘들겠지. 이 늙은이야, 이제 좀 쉬게나. 자네가 다시 일을 할 때까지 배는 녀석에게 맡겨두고.

요즘은 늦게까지 달도 뜨지 않아 시간을 알 도리가 없지만, 두 시간쯤 쉰 것 같았다. 사실 말이 쉰 거지, 정말 쉬었다기보다는 비교적 그렇다는 얘기다. 노인은 고기가 끌어당기는 힘을 여전히 어깨로 버티면서도, 왼손으로 뱃전을 잡은 채 고기의 저항을 조금씩 배에 떠맡겼다.

낚싯줄을 단단히 묶어두기만 해도 한결 수월할 텐데. 노인은 생각했다. 하지만 녀석이 조금만 몸부림쳐도 줄이 끊어질 판이야. 그러니 팽팽한 낚싯줄을 몸으로 받치고 언제든 양손으로 줄을 풀 수 있게 준비하고 있어야 해.

노인이 큰 소리로 말했다.

"근데 늙은이, 자넨 아직 한숨도 안 잤어. 반나절하고도 하룻밤이 지나고 오늘 하루도 지나가는데, 아직 한숨도 안 잤다고. 녀석이 얌전할 때 조금이라도 눈을 붙일 방법을 생각해야 해. 안 자두면 정신이 멍해질지도 몰라."

내 정신은 아주 말짱해. 너무 말짱해서 탈이지. 내 형제 같은 별들처럼 또렷하다고. 그래도 자둬야 해. 별들도 자고 해도 달도 자고, 심지어 물살이 잔잔하고 사방이 쥐 죽은 듯 고요한 날에는 바다도 눈을 붙이잖아.

잊지 말고 꼭 자둬. 억지로라도 눈 좀 붙이고, 낚싯줄 문제는 간단하면서 확실한 방법을 생각해보자. 이제 뒤로 가서 만새기 손질이나 해볼까. 자야 한다면 노를 선미에 매달아 제동 장치로 쓰는 건 너무 위험해.

노인은 중얼거렸다.

"안 자고도 버틸 수 있어. 하지만 너무 위험하긴 해."

노인은 고기를 홱 당기지 않도록 조심하면서 손과 무릎을 이용해 선미까지 기어가기 시작했다. 어쩌면 녀석이 비몽사몽 중일지도 몰라. 그렇다고 쉬게 할 수야 없지. 녀석은 죽을 때까지 배를 끌어당겨야 해.

선미로 돌아온 노인은 몸을 돌려 왼손으로 어깨를 짓누르는 낚싯줄을 잡고 오른손으로 칼집에서 칼을 꺼냈다. 어느새 하늘에는 별이 반짝반짝 빛났고 만새기 모습도 또렷하게 보였다. 노인은 만새기 대가리에 칼을 푹 찔러 넣고 선미 아래쪽에서 끌어냈다. 한 발로 고기를 누르고는 항문에서 아래턱까지 잽싸게 칼로 그어 배를 갈랐다. 그런 다음 칼을 내려놓더니 오른손으로 배 속을 완전히 훑으며 내장을 제거하고 아가미까지 깨끗이 뜯어냈다. 위장이 생각보다 묵직하고 미끈거려 칼로 잘라보니, 안에 날치가 두 마리 들어있었다. 아직 싱싱하고 육질도 탄탄했다. 노인은 날치를 나란히 내려놓은 다음, 만새기의 내장과 아가미를 선미 밖으로 던졌다. 그것들은 푸른빛의 흔적을 남긴 채 물속으로 가라앉았다. 온기 하나 없는 만새기는 별빛을 받아 희뿌연 잿빛을 띠었다. 노인은 만새기의 대가리를 오른발로 누른 채 한쪽 껍질을 벗겼다. 그러더니 녀석을 뒤집어 반대쪽 껍질을 벗기고는 대가리에서 꼬리로 내려가며 양쪽의 살을 발라냈다.

노인은 뼈만 남은 고기를 배 밖으로 살며시 던지고는 물속에 소용돌이가 이는지 살폈다. 하지만 만새기 사체가 천천히 내려가면서 내뿜는 인광만 보일 뿐이었다. 노인은 몸을 돌려 발라낸 고기 두 조각 사이에 날치 두 마리를 끼워 넣은 후 칼은 칼집에 도로 넣고 뱃머리로 천천히 돌아갔다. 등은 짓누르는 낚싯줄 무게 때문에 굽어있었고, 오른손에는 고기가 들려있었다.

뱃머리로 돌아온 노인은 고기 두 조각을 상판에 올려놓고 그 옆에 날치를 놓았다. 어깨를 가로지르는 낚싯줄을 옆으로 옮겨 다시 왼손으로 잡으면서 뱃전에 몸을 기댔다. 노인은 옆쪽으로 몸을 기울여 날치를 바닷물에 씻으면서 손에 닿는 물의 속도에 주의를 기울였다. 고기 껍질을 벗기는 바람에 손에 인광이 잔뜩 묻어있었는데, 노인은 그 손에 부딪히는 물의 흐름을 예의 주시했다. 물살은 조금 약해져 있었다. 노인이 상판에 손 가장자리를 문지르자, 떨어져 나온 인광이 바다에 둥둥 떠서 선미 쪽으로 천천히 흘러갔다.

"녀석이 지쳤나 봐. 아니면 쉬고 있던가. 이럴 때 만새기나 얼른 먹어치우고 좀 쉬었다가 눈 좀 붙여야지."

노인은 말했다.

별빛 아래 차가운 밤공기를 마시며, 노인은 발라낸 만새기 살 반쪽과, 내장을 제거하고 대가리도 떼어낸 날치 한 마리를 먹었다.

"만새기는 요리해서 먹으면 끝내주는데 날로 먹으니까 영 별로네. 소금이나 라임 없이는 배에 탈 생각일랑 아예 하지 말아야지."

머리만 잘 썼어도 종일 뱃머리에 바닷물을 뿌리고 말리고 해서 소금을 좀 얻었을 텐데. 하지만 해가 거의 질 때쯤 만새기를 잡았잖아. 어쨌든 준비가 부족하긴 했어. 그래도 전부 꼭꼭 씹어 먹고 구역질도 안 했지.

동쪽 하늘에 구름이 몰려오는가 싶더니 눈에 익은 별들이 하나둘 사라져갔다. 마치 구름으로 뒤덮인 거대한 협곡으로 빨려 들어가는 기분이었고 바람까지 잠잠했다.

"사나흘 동안 날씨가 안 좋겠는걸. 그래도 오늘 밤이나 내일까진 괜찮아. 이봐 늙은이. 고기가 잠잠한 동안 잠이나 자두게."

노인은 낚싯줄을 오른손으로 움켜잡더니 허벅지로

꽉 누른 채 뱃머리 상판에 체중을 실어 기댔다. 그러더니 둘러맨 낚싯줄을 밑으로 조금 내려 왼손으로 잡고 버텼다.

이렇게만 잡아주면 오른손으로도 버틸 수 있어. 노인은 생각했다. 혹시 잠든 사이 손에 힘이 풀리더라도 줄이 빠져나가는 순간 왼손이 나를 깨울 거야. 물론 오른손에 무리가 가겠지. 하지만 오른손은 힘든 일에 익숙하잖아. 20~30분 잔다고 별일 있겠어. 노인은 낚싯줄을 몸에 바짝 붙인 채 앞으로 웅크렸고 오른손에 온몸의 체중을 실은 채 잠이 들었다.

노인은 사자 꿈을 꾸지 않았다. 대신 엄청난 수의 알락돌고래 떼가 15킬로미터 이상 쫙 펼쳐져 있는 꿈을 꾸었다. 짝짓기 시기라서 녀석들은 하늘 높이 솟구쳤다가, 솟구칠 때 물속에 생긴 그 구멍으로 도로 뛰어들곤 했다.

그 다음으로 노인은 마을의 제 집 침대에서 자는 꿈을 꾸었다. 강한 북풍이 불어 무척 추웠고, 오른팔을 베개 삼아 베고 잤더니 팔이 저렸다.

이번에는 광활한 황금빛 해변이 나타났다. 어스름이

깔린 가운데 첫 번째 사자가 해변으로 내려오더니, 곧 이어 다른 사자들도 모습을 드러냈다. 노인의 배는 앞바다에서 불어오는 저녁 바람을 맞으며 정박해있었는데, 노인은 뱃머리 상판에 턱을 괴고는 사자가 얼마나 더 나타날지 기다리며 지켜보았다. 기분이 참 좋았다.

달이 뜬 지 한참 지났지만 노인은 깨어날 줄 몰랐다. 고기는 흔들림 없이 배를 끌어당겼고 배는 구름이 만든 터널 속으로 흘러갔다.

그때였다. 갑자기 오른 주먹이 얼굴을 치는 바람에 노인은 눈을 번쩍 떴다. 오른손에서 불이라도 날 듯 낚싯줄이 정신없이 풀려나가고 있었다. 왼손에는 아무 느낌이 없던 터라, 오른손으로 낚싯줄을 있는 힘껏 잡아당기며 속도를 줄였다. 하지만 줄은 아랑곳하지 않고 거침없이 풀려나갔다. 마침내 왼손이 줄을 붙잡았다. 노인은 몸을 뒤로 젖혀 둘러맨 낚싯줄을 당겼는데 등과 왼손이 불에 덴 듯 얼얼했다. 그 모든 힘을 고스란히 받아내던 왼손에 상처가 심하게 났다. 고개를 돌려 낚싯줄 뭉치를 보니 그 줄도 마구 풀려나가고 있었다. 바로 그때 엄청난 물보라를 일으키며 고기가 수면 위로 뛰어올랐고 이내 세게 떨어지는가 싶더니 다시 뛰어오르길 반복했다. 낚싯줄이 여전히 빠르게 풀려나갔지만 배도 빠르게 나아가고 있었다. 노인은 줄을 잡아당겼다가 끊어질 것 같으면 풀어줬다가 다시 잡아당겼다가 풀어줬다를 반복했다. 그러다 뱃머리 쪽으로 질질 끌려가 썰어놓은 만새기 살에 얼굴이 처박히면서 꼼짝도 할 수 없게 되었다.

우리가 기다리던 순간이 왔어. 노인은 생각했다. 그렇다면 이제 한번 붙어볼까.

낚싯줄값을 치르게 해주마. 꼭 치르게 해주지.

노인은 물고기가 솟구치는 모습을 전혀 볼 수 없었다. 그저 바다를 산산이 부수고 거센 물보라를 일으키며 바닷속으로 떨어지는 소리만 들릴 뿐이었다. 낚싯줄이 무서운 속도로 휙휙 풀려나가면서 손에 심한 상처를 입었지만, 이런 일을 예상했던 노인은 굳은살 부분에 낚싯줄이 걸리게 해서 손바닥으로 미끄러지거나 손가락이 베이지 않도록 안간힘을 썼다.

그 애가 여기 있다면 낚싯줄 뭉치를 물에 적셔줄 텐데. 그래, 여기 있다면. 여기 있다면 말이야.

쉴 새 없이 풀려나가던 낚싯줄의 속도도 어느덧 느려졌다. 이제 노인은 낚싯줄을 조금씩만 풀어주고 있었다. 노인은 뱃머리 상판에서 고개를 들어 뺨에 짓눌려 뭉개진 고기를 떼어냈다. 그런 다음 무릎을 굽히면서 천천히 몸을 일으켰다. 점차 느려졌지만 노인은 줄곧 낚싯줄을 풀어주고 있었다. 그러면서 어두워서 보이지 않는 낚싯줄 뭉치를 발로 더듬으며 찾아갔다. 낚싯줄은 충분했고 이제 고기는 추가로 물속으로 풀려나간 낚싯줄의 마찰저항까지 감당하며 배를 끌어당겨야 했다.

됐어. 노인은 생각했다. 지금까지 녀석은 열 번 이상 뛰어올랐어. 등에 있는 부레에 공기가 한가득 채워졌을 테니, 끌어올릴 수 없을 만큼 깊은 곳까지 내려가서 죽는 일 따윈 없을 거야. 이제 곧 주변을 빙빙 돌겠지. 그럼 그때 녀석에게 본때를 보여주는 거야. 근데 녀석이 왜 그렇게 갑자기 뛰어올랐을까? 못 견딜 정도로 배가 고팠나? 아니면 어둠 속에서 뭔가를 보고 깜짝 놀랐나? 어쩌면 갑자기 무서워졌을지도 몰라. 하지만 녀석은 침착한 데다 힘도 장사였잖아. 겁도 없고 배짱도 두둑한 것 같았는데. 거 참 이상하네.

노인은 중얼거렸다.

"이 늙은이야! 자네나 겁먹지 말고 배짱 있게 행동하라고. 녀석을 다시 잡긴 했지만 줄은 당기지도 못하잖아. 하지만 조만간 녀석이 빙빙 돌게 될 거야."

노인은 이제 왼손과 양 어깨로 줄을 잡고 버틴 채, 몸을 숙여 오른손으로 물을 퍼서 얼굴에 눌어붙은 만새기 살을 씻어냈다. 자칫 그 역겨운 냄새에 구역질을 해대다가 기운이 빠질까 염려스러웠기 때문이다. 노인은 얼굴을 닦은 뒤 몸을 구부려 물속에 오른손을 넣고 씻었다. 그러더니 짠 바닷물에 손을 그대로 담근 채로, 해가 떠오르기 전 첫 새벽빛을 뚫어져라 바라보았다. 녀석이 거의 동쪽으로 가고 있군. 노인은 생각했다. 그 말은 녀석이 지쳐서 해류를 타고 간다는 얘기지. 조만간 녀석은 빙빙 돌게 될 거야. 그때부터 본격적으로 붙는 거지.

노인은 오른손이 물속에 충분히 있었다는 생각이 들자 손을 꺼내 살펴보며 말했다.

"심각하진 않네. 사내대장부한테 이 정도 고통은 별거 아니야."

노인은 상처 부위를 피해가며 조심해서 낚싯줄을 잡더니, 이번에는 반대편 뱃전 너머로 몸을 구부려 왼손을 물속에 넣었다.

"빌빌대긴 했어도 그렇게 형편없진 않았어. 물론 정작 필요할 때 도움이 안 되긴 했지만."

노인은 왼손에게 말한 뒤 생각했다.

왜 양손 모두 건강하게 태어나지 못했을까? 왼손을 제대로 훈련하지 못한 내 탓인지도 몰라. 하지만 배울 기회는 충분히 있었어. 하긴 밤사이에 아주 형편없진 않았지. 왼손에 쥐가 난 것도 딱 한 번뿐이고. 또 쥐가 난다면, 그땐 낚싯줄에 베이든 말든 나도 몰라.

이런 생각을 하던 중 갑자기 정신이 몽롱해진 노인은 만새기를 좀 더 씹어 먹어야겠다고 생각했다. 진짜 못 먹겠네, 하고 노인은 중얼거렸다. 구토하느라 기운 빠지는 것보단 차라리 약간 어지러운 게 나아. 만새기 살에 얼굴이 처박혀서 그런지 먹으면 그대로 다 토할 것 같아. 상할 때까진 비상식량으로 남겨둬야겠어. 하지만 이젠 음식물로 기운을 차리기는 물 건너간 것 같군. 아참! 이 바보야, 하고 노인은 중얼거렸다. 날치를 먹으면 되잖아.

내장까지 제거해놔서 바로 먹을 수 있는 날치가 있었다. 노인은 왼손으로 날치를 집어 뼈째로 꼭꼭 씹으며 꼬리까지 전부 먹어치웠다.

고기 중에 요놈처럼 영양이 풍부한 놈도 없을걸. 노인은 생각했다. 지금 나한테 필요한 힘을 얻기에 이만한 것도 없지. 이제 할 수 있는 건 다 했어. 녀석이 빙빙 돌기 시작하면 한판 붙어보는 거야.

물고기가 빙빙 돌기 시작한 건 노인이 바다에 나온 후 세 번째 태양이 떠오를 때였다.

낚싯줄의 기울기만으로 고기가 돌고 있다고 보긴 힘들었다. 그렇게 단정 짓기엔 아직 일렀다. 노인은 낚싯줄이 살짝 느슨해지는 느낌이 들어 오른손으로 천천히 줄을 당기기 시작했다. 여느 때처럼 줄은 팽팽했다. 하지만 당장이라도 끊어질 것 같은 바로 그 순간, 줄이 끌려오기 시작했다. 노인은 상체를 숙여 낚싯줄 밑으로 살며시 몸을 빼고 천천히 줄을 당기기 시작했다. 양손으로 줄을 잡고 온몸의 체중을 실어 있는 힘껏 잡아당겼다. 노쇠한 다리로나마 단단히 중심을 잡고 상체를 움직이며 줄을 끌어올렸다.

"무지 큰 원이네. 녀석이 진짜 돌고 있어."

노인은 말했다.

이윽고 줄이 더 이상 끌려오지 않는다 싶더니, 계속 잡고 있던 줄에서 갑자기 물방울이 햇빛을 받으며 튀는 게 보였다. 그 순간 줄이 당겨지기 시작했다. 노인은 무릎을 꿇은 채 짙은 바닷속으로 줄이 끌려가도록 내버려 둘 수밖에 없었다.

"지금 녀석은 원의 제일 먼 쪽으로 가고 있어."

힘껏 잡고 버텨야 해. 노인은 생각했다. 그러다 보면 원이 점점 작아질 거야. 아마 한 시간 후면 녀석을 볼 수 있겠지. 이제 녀석을 꼼짝도 못 하게 한 다음 죽여버려야 해.

그러나 두 시간이 지나도록 물고기는 쉼 없이 원을 그리며 천천히 움직였다. 노인은 온 몸에 땀이 흥건했고 피로가 뼛속까지 깊게 밀려왔다. 하지만 이제 원 크기가 확연히 작아졌다. 게다가 낚싯줄의 기울기를 보니, 물고기가 그동안 헤엄을 치면서 꾸준히 위로 떠올랐다는 걸 알 수 있었다.

한 시간 전부터 노인의 눈앞에 검은 반점들이 어른거렸고, 짠 내 나는 땀이 흘러내려 눈도 따갑고 눈과 이마 위에 있는 상처까지 쓰라렸다. 노인은 검은 반점에 대해서는 걱정하지 않았다. 낚싯줄을 잡아당기는, 지금 같은 긴장된 순간이면 늘 겪는 일이었다. 하지만 두 번 정도 정신이 아득해지면서 현기증이 나자 좀 걱정이 됐다.

"이런 고기를 눈앞에서 놓치고 죽을 수야 없지. 하느님, 녀석을 악착같이 끌어올리고 있으니 제가 끝까지 버텨내도록 도와주세요. 주기도문과 성모송을 백 번이라도 외우겠습니다. 지금 당장은 힘들겠지만요."

지금은 그냥 외운 거로 쳐주세요. 노인은 생각했다. 나중에 꼭 외우겠습니다.

바로 그때였다. 두 손으로 잡고 있던 낚싯줄이 갑자기 요동치면서 확 당겨지는 느낌이 들었다. 날렵하면서도 거칠고 묵직했다.

녀석이 제 뾰족한 창으로 목줄을 쳐대고 있나 보군. 노인은 생각했다. 그럴 줄 알았어. 녀석 입장에서야 충분히 그럴만해. 하지만 저러다 녀석이 뛰어오를지도 몰라. 그냥 지금처럼 돌기만 하면 좋으련만. 공기를 들이마시려면 어쩔 도리가 없지만 그럴 때마다 낚싯바늘에 걸린 부위가 벌어지면서 자칫 빠져버릴 수도 있다고.

"고기야, 뛰어오르지 마라. 뛰어오르지 마."

노인은 애원했다.

고기는 목줄을 몇 차례 더 쳐댔고, 고기가 대가리를 흔들어댈 때마다 노인은 낚싯줄을 조금씩 풀어주었다.

녀석의 고통은 요 정도로 유지해주자고. 노인은 속으로 생각했다. 내 고통은 별거 아니야. 충분히 참을 수 있어. 하지만 녀석은 고통스러우면 미쳐버릴 수 있어.

잠시 후 고기는 목줄 치는 걸 멈추더니 다시 천천히 원을 그리며 돌기 시작했다. 노인은 서서히 줄을 잡아당겼다. 하지만 다시 정신이 아득해졌다. 노인은 왼손으로 바닷물을 퍼서 머리에 끼얹었다. 그렇게 몇 번 더 끼얹은 후 목덜미를 문지르며 말했다.

"이제 쥐가 전혀 안 나네. 머잖아 고기가 올라올 텐데, 이렇게 쭉 괜찮겠지? 아니, 꼭 괜찮아야 해. 그런 말은 아예 입에 담지도 마."

노인은 무릎을 굽히고 뱃머리에 기대더니, 다시 낚싯줄을 등에 살며시 둘렀다. 녀석이 저만치에서 원을 도는 동안 좀 쉬다가, 가까이 오면 상대해야지. 노인은 마음먹었다.

뱃머리에서 쉬면서 낚싯줄도 끌어당기지 않은 채 고기가 혼자 원을 그리며 돌게 놔두고 싶은 마음이 굴뚝 같았다. 하지만 고기가 방향을 돌려 배를 향해 다가오는 느낌이 낚싯줄로 전해지자, 노인은 벌떡 일어나 단단히 중심을 잡고는 줄을 잡아당기며 배 안으로 전부 끌어들였다.

이렇게 힘들긴 처음이야. 노인은 생각했다. 이제 무역풍이 부는군. 녀석을 싣고 가는 데 도움이 될 거야. 나한테 절실하게 필요해.

"녀석이 다시 멀리 돌면 그땐 꼭 쉬어야지. 기분이 한결 낫군. 두세 번쯤 더 돌면 녀석을 잡을 수 있을 거야."

노인의 밀짚모자는 뒤통수에 걸쳐져 있었다. 노인은 고기가 방향을 틀었다는 느낌이 들자 줄을 당긴 채 뱃머리에 주저앉았다.

고기야! 지금은 혼자 일해라. 노인은 생각했다. 돌아

오면 상대해줄 테니.

파도가 상당히 높아졌다. 하지만 날씨가 좋을 때 부는 바람이었고 그 바람을 타고 집으로 가야 했다.

"남서쪽으로 방향을 돌려놓기만 하면 돼. 사나이는 바다에서 길을 잃는 법이 없지. 게다가 이곳은 길쭉한 섬이잖아."

고기가 세 바퀴를 돌았을 때 노인은 드디어 녀석의 모습을 보게 되었다.

처음에는 배 밑으로 지나가는 시커먼 그림자만 보였다. 지나가는 데 어찌나 오래 걸리던지, 그렇게 길다는 게 믿기지 않을 정도였다.

"말도 안 돼. 저렇게 클 리 없어!"

노인은 어안이 벙벙했다.

하지만 실제로 그렇게 컸다. 불과 30미터 떨어진, 원의 맨 끝 수면 위로 고기가 모습을 드러냈고 노인은 물 밖으로 나온 꼬리를 보았다. 커다란 낫의 날보다 훨씬 날렵하게 치솟은 꼬리는 검푸른 바다 위로 은은한 연보랏빛을 내뿜었다. 꼬리가 뒤로 젖혀지며 고기가 수면 바로 아래에서 헤엄을 치자, 녀석의 거대한 몸집과 몸 전체를 두른 짙은 보랏빛 줄무늬가 보였다. 등지느러미는 접혀있고 거대한 가슴지느러미는 활짝 펼쳐져 있었다.

이번에 돌 때는 고기의 눈도 보였고 고기 주변을 얼쩡대는 잿빛 빨판상어 두 마리도 보였다. 고기 옆에 딱 붙어있다가도 냅다 줄행랑을 치는가 하면, 고기의 그림자 밑에서 여유롭게 헤엄을 치기도 했다. 상어들은 길이가 1미터가 넘었고, 쏜살같이 헤엄칠 때는 뱀장어처럼 온몸을 세차게 흔들어댔다.

노인은 지금 땀을 뻘뻘 흘리고 있지만 뜨거운 햇빛 탓만은 아니었다. 고기가 소리 없이 얌전하게 배 쪽으로 돌아올 때마다 노인은 낚싯줄을 당겼고, 이제 두 바퀴 정도 더 돌면 작살을 꽂을 기회가 있을 거라 자신했다.

하지만 녀석이 배에 아주 가까이 접근하게 해야 해. 노인은 생각했다. 대가리 말고 심장을 노려야 해.

"이 늙은이야. 침착해. 마음 단단히 먹으라고."

노인은 자신을 다독였다.

고기는 한 바퀴 또 돌기 시작했다. 등이 수면 위로

올라왔지만 배에서 좀 떨어져 있었다. 그리고 또다시 도는 물고기. 여전히 멀리 떨어져 있긴 하지만 수면 위로 많이 떠올라 있었다. 노인은 줄을 좀 더 잡아당기면 배 옆까지 끌어올 수 있으리라 확신했다.

작살은 한참 전에 준비해뒀다. 가벼운 작살 밧줄 뭉치는 둥근 바구니에 말아놓았고 그 끝부분은 뱃머리 말뚝에 단단히 묶어두었다.

고기는 이제 원을 그리며 배 쪽으로 천천히 다가오고 있었다. 침착하고 위풍당당한 모습으로 거대한 꼬리만 움직이면서 말이다. 노인은 고기를 배 쪽으로 바짝 붙일 수 있도록 힘껏 잡아당겼다. 고기의 몸이 살짝 기우뚱했다. 그러더니 이내 중심을 잡고는 또 한 바퀴를 돌기 시작했다.

"녀석이 흔들렸어. 내가 녀석을 흔들리게 했다고."

노인은 들뜬 목소리로 말했다.

또다시 현기증이 났다. 하지만 최선을 다해 거대한 고기를 버텨내고 있었다. 내가 녀석을 흔들리게 했어. 노인은 생각했다. 어쩌면 이번에야말로 끝장낼 수 있을지도 몰라. 당겨라, 손아. 단단히 버텨라, 다리야.

정신 차려라, 머리야. 제발 버텨줘. 한 번도 약해진 적 없잖아. 이번에야말로 녀석을 뒤집어놓고 말 테야.

그래서 노인은 고기가 뱃전에 다다르기 훨씬 전부터 혼신을 다해 잡아당겼다. 하지만 고기는 균형을 잃는가 싶더니 이내 몸을 바로 하고는 멀리 도망쳐버렸다.

"고기야, 넌 어차피 죽은 목숨이잖아. 그런데 나까지 죽여야겠어?"

노인이 분통을 터뜨렸다.

그래 봐야 소용없는 짓이야. 노인은 생각했다. 입 안이 바싹 말라 말도 할 수 없을 지경이었지만 지금은 손을 뻗어 물병을 잡을 수 있는 상황이 아니었다. 이번에는 기필코 녀석을 배에 바짝 붙이고 말겠어. 이대로 더 돌다간 내가 못 버텨. 아니, 버틸 거야. 노인은 마음을 다잡았다. 끝까지 버텨낼 거야.

고기가 다시 돌고 왔을 때, 노인은 고기를 거의 뒤집을뻔했다. 하지만 고기는 다시 중심을 잡고는 유유히 달아나버렸다.

고기야, 네가 날 죽이려 드는 구나. 노인은 생각했다. 네 입장에선 당연히 그렇겠지. 형제여, 나는 너처럼 거대하고 아름다우며 침착하고 고상한 고기는 한 번도 본 적이 없다. 자, 어서 나를 죽여라. 누가 누구를 죽이든 상관없다.

또 어지러워. 정신 똑바로 차려야 해. 정신 차리고 사나이답게 헤쳐 나갈 방법을 생각해. 아니면 물고기답게라도.

"정신 차려, 머리야. 정신 차리라고."

노인은 들릴락 말락 한 목소리로 중얼거렸다.

물고기가 두 번 더 돌았지만 상황은 여전했다.

대체 어쩌라고. 노인은 생각했다. 자꾸 어지러워 쓰러질 것만 같았다. 그래도 한 번 더 해보자.

노인은 한 번 더 시도했다. 쓰러질 것만 같은 상황에서 고기를 뒤집는 데 성공했다. 하지만 고기는 다시 몸을 바로 하더니 꼬리를 흔들며 헤엄쳐 유유히 멀어져갔다.

노인은 이제 손에 힘도 풀리고 앞도 잘 안 보였지만 다시 해보자며 마음을 다잡았다. 그리고 다시 시도했지만 마찬가지였다. 그렇다면 한 번 더 해보는 거야. 노인은 생각했다. 하지만 시작도 하기 전에 또 정신이 몽롱해졌다.

노인은 자신을 괴롭히는 통증과 오래전에 사라진 자신감, 그리고 남아있는 힘을 모조리 끌어모아, 사투를 벌이는 고기에 맞섰다. 고기는 가까이 다가와 기우뚱하더니 그 상태로 천천히 헤엄을 쳤다. 기다란 주둥이가 배 상판에 닿을락 말락 하면서 배 옆을 스쳐 지나갔다. 보랏빛 줄무늬와 은색이 어우러진, 길고도 넓고 거대한 몸은 끝이 보이지 않았다.

노인은 낚싯줄을 내려놓고 발로 꾹 밟았다. 그런 다음 작살을 최대한 높이 쳐들어 좀 전에 끌어모았던 힘까지 더해 있는 힘껏 물고기 옆구리에 내리꽂았다. 노인의 가슴 높이까지 치솟은 거대한 가슴지느러미 바로 뒤쪽이었다. 작살이 안으로 파고드는 느낌이 들자 노인은 작살에 기대어 좀 더 쑤셔 넣고는 온몸으로 내리눌렀다.

바로 그때 물고기는 죽음을 앞두고 다시 살아난 듯, 길고도 넓은 거대한 몸집과 괴력, 아름다움을 뽐내며 물 밖으로 높이 솟구쳐 올랐다. 마치 노인 위쪽 허공에 매달려있는 듯했다. 그러더니 첨벙 소리와 함께 노인과 배 전체에 물을 잔뜩 튀기면서 바닷속으로 곤두박질쳤다.

노인은 현기증에 속도 메스껍고 앞도 잘 안 보였다. 하지만 작살 밧줄을 추스르며 살갗이 벗겨진 손으로 천천히 풀었다. 간신히 앞이 보이자, 은빛 배를 드러낸 채 벌렁 누워있는 고기가 보였다. 고기 옆구리에 작살 자루가 비스듬히 튀어나와 있었고, 고기의 심장에서 나온 피로 바다가 벌겋게 물들고 있었다. 처음에는 수심 1킬로미터가 넘는 푸른 바닷속을 헤엄치는 물고기 떼처럼 어두운 빛을 띠더니 점차 구름처럼 퍼져 나갔다. 물고기는 은빛으로 반짝이며 파도 위에 미동도 없이 떠있었다.

노인은 어른거리는 고기의 모습을 유심히 바라보았다. 그런 다음 작살 밧줄을 뱃머리 말뚝에 두 번 정도 감고 양손으로 머리를 감싸 쥐었다. 노인은 뱃머리 상판에 머리를 댄 채 중얼거렸다.

"정신 좀 차려. 많이 지쳤겠지. 하지만 형제 같은 이 녀석도 죽였고 이제부턴 고된 일을 해야 한다고."

이제 올가미와 밧줄을 준비해서 이 녀석을 배 옆에

단단히 동여매야 해. 설령 그 애가 있어서 함께 배를 가라앉혀 고기를 싣고 들어찬 물을 퍼낸다 해도, 이 작은 배로는 고기를 감당할 수 없어. 만반의 준비를 한 다음, 고기를 끌어당겨 잘 묶고 나서 돛대를 세우고 집으로 출발하는 거야.

노인은 고기를 끌어당겨 배 옆에 대기 시작했다. 그래야 밧줄을 아가미에 집어넣어 주둥이로 빼내서 대가리를 뱃머리에 단단히 묶을 수 있기 때문이다. 녀석을 자세히 보고 싶군. 노인은 생각했다. 만지고 느껴보고 싶어. 녀석은 내 재산이야. 물론 그래서 녀석을 느껴보고 싶은 건 아니야. 아까 녀석의 심장 박동을 느낀 것 같아. 두 번째로 작살을 밀어 넣었을 때 말이야. 이제 녀석을 끌어당겨 대가리를 단단히 묶은 다음, 꼬리와 몸통 중간에 올가미를 걸고 배에 동여매자.

노인은 물을 아주 조금 마시고 말했다.

"이 늙은이야, 어서 일하게나. 싸움은 끝났지만 해야 할 일이 태산이야."

노인은 고개를 들어 하늘을 바라보다가 물고기 쪽

으로 시선을 돌렸다. 그 다음에 태양을 유심히 살폈다. 정오쯤 됐겠네. 노인은 생각했다. 게다가 무역풍도 불고. 낚싯줄도 이제 쓸 일 없으니, 집에 가면 그 애랑 꼬아서 이어놔야겠어.

"고기야, 이리 오렴."

노인이 고기를 불렀다. 하지만 고기는 오지 않았다. 이리저리 흔들리며 바다에 벌렁 누워있을 뿐. 노인은 고기 옆으로 배를 저어 갔다.

고기가 배와 나란해지면서 고기 대가리가 뱃머리에 붙자, 노인은 그 어마어마한 크기에 놀라지 않을 수 없었다. 노인은 말뚝에 동여맨 작살 밧줄을 풀더니 아가미로 쑤셔 넣어 주둥이 쪽으로 빼낸 다음 날카로운 부리에 한 바퀴 돌려 감고 반대편 아가미로 밧줄을 빼내 다시 부리에 한 바퀴 돌린 뒤 두 겹의 밧줄을 묶어 뱃머리 말뚝에 단단히 고정했다. 그런 다음 밧줄을 자르고 꼬리에 올가미를 걸기 위해 선미 쪽으로 향했다. 고기는 보랏빛이 감도는 은빛에서 그냥 은빛으로 변해버렸고 줄무늬는 꼬리와 같은 연보랏빛을 띠었다. 줄무늬 너비는 쫙 펼친 사람 손보다 넓었고 눈은 잠망

경의 거울처럼, 시위대 한가운데 있는 성자처럼 초연해 보였다.

노인은 말했다.

"녀석을 죽이려면 그 방법밖에 없었어."

물을 먹은 후로 기분이 나아졌다. 게다가 녀석이 도망갈 일도 없다고 생각하니 머리까지 맑아졌다. 저 정도면 족히 7백 킬로그램은 나가겠는걸. 노인은 생각했다. 어쩌면 더 나갈지도 몰라. 내장 빼고 2/3만 쳐서, 킬로그램당 60센트씩 받으면?

"계산하려면 연필이 있어야겠어. 정신이 그 정도로 맑진 않아서. 그래도 위대한 디마지오라면 오늘 내 모습을 자랑스러워하겠지. 물론 나한테는 뼈돌기가 없어. 하지만 손과 등이 상처투성이잖아."

뼈돌기는 어떤 걸까? 어쩌면 나한테도 그런 게 있는데 모르는 걸 수도 있어. 노인은 생각했다.

노인은 고기를 뱃머리와 선미에, 그리고 중간에 있는 가로장에 단단히 고정했다. 어찌나 크던지 훨씬 더 큰 배를 나란히 묶는 기분이었다. 노인은 줄을 잘라 고기의 아래턱과 부리를 함께 동여맸다. 이러면 주둥이가 벌어지지 않아 항해가 순조로울 것이다. 돛대를 세운 노인은 돛 위아래에 활대를 대고 돛대에 걸더니 누덕누덕 덧댄 돛을 펼쳤다. 그러자 배가 움직이기 시작했다. 노인은 선미에 기댄 채 남서쪽으로 향했다.

노인은 나침반이 없어도 남서쪽이 어디인지 잘 알았다. 필요한 건 살랑대는 무역풍과 활짝 펼친 돛뿐. 낚싯줄에 가짜 미끼라도 달아 먹을 것 좀 잡아야겠어. 목이 마르니 물도 좀 먹고. 하지만 가짜 미끼는 보이지 않았고 정어리는 썩어있었다. 그래서 노인은 옆을 지나가는 누리끼리한 모자반 더미를 갈고리로 낚아 올려 흔들었다. 그랬더니 그 안에 숨어있던 작은 새우들이 나무 갑판으로 후드득 떨어졌다. 족히 10여 마리가 넘었는데, 모래벼룩처럼 펄쩍펄쩍 뛰고 꼬리도 마구 흔들어댔다. 노인은 엄지와 검지로 새우 대가리를 떼어내고 꼬리까지 껍질째 먹어치웠다. 새우가 몸집은 작아도 영양도 만점, 맛도 일품이라는 걸 노인은 알고 있었다.

물병에는 물이 두 모금 정도 남아있었는데, 새우를 먹고 나서 반 모금을 마셨다. 이런저런 악조건 속에서도 배는 순조롭게 나아갔고 노인은 키 손잡이를 옆구리에 낀 채 방향을 잡았다. 묶여있는 고기가 보였다. 이것이 꿈이 아니라 실제로 일어난 일이라는 건 손을 보고 선미에 등을 기대만 봐도 알 수 있었다. 고기와의 싸움이 막바지에 이르면서 완전히 녹초가 됐을 때만 해도 노인은 이게 꿈일지도 모른다고 생각했다. 그러다 고기가 갑자기 수면 위로 솟구쳐, 떨어지기 전 잠시 미동도 없이 허공에 걸려있을 때는 정말 뭔가 이상하다는 확신이 들었고 도저히 그 상황을 믿을 수가 없었다. 가뜩이나 앞도 잘 안 보이는 상태 아니었던가. 물론 지금은 그 어느 때보다 잘 보이지만.

이제 노인은 고기가 정말 존재한다는 것도 알았고, 손과 등을 통해 꿈이 아니라는 것도 믿었다. 손은 금방 나을 거야. 노인은 생각했다. 피도 남김없이 짜냈으니. 짠 바닷물이 상처를 아물게 해줄 거야. 멕시코만 본연의 짙푸른 바닷물이야말로 즉효약이지. 내가 할 일은 정신을 차리는 것뿐이야. 손도 제 할 일 다했고 항해도 순조로워. 고기 녀석, 입도 다물고 꼬리도 곧게 세우고 함께 가니, 우리가 꼭 형제 같군. 순간,

머리가 아득해지기 시작했다. 녀석이 나를 데려가는 건가? 아님 내가 녀석을 데려가는 건가? 노인은 생각했다. 내가 녀석을 끌고 간다는 말도 맞는 말이고, 고기가 초라하게 배에 실려있다는 말도 맞는 말이겠지. 하지만 그들은 서로 나란히 묶인 채 함께 항해하고 있었다. 그래서 노인은 생각했다. 녀석이 원하면 나를 데려가라지 뭐. 난 녀석보다 속임수에나 좀 능할 뿐이야. 게다가 녀석은 날 해칠 생각도 없었어.

그들의 항해는 순조로웠다. 노인은 짠 바닷물에 손을 담근 채 정신을 차리려고 애썼다. 뭉게구름이 몽실몽실 떠있었고 그 위로 새털구름이 여기저기 흩어져 있었다. 밤사이 바람이 불겠구나 싶었다. 꿈인지 생시인지 확인하려는 듯, 노인의 눈길은 자꾸 물고기에게로 향했다. 첫 번째 상어가 고기를 덮친 건, 그로부터 한 시간 뒤였다.

상어가 나타난 건 우연이 아니었다. 검붉은 피 구름이 깊디깊은 바닷속으로 천천히 퍼져나가자, 피 냄새를 맡고 저 아래 심해에서 올라왔으리라. 어찌나 무턱대고 급하게 뛰어올랐는지, 상어는 푸른 수면을 뚫고 그대로 햇빛 속으로 몸을 날렸다. 이내 다시 물속으로 들어간 상어는 피 냄새를 따라, 배와 고기가 지나간 경로를 추적하기 시작했다.

간혹 냄새를 놓칠 때도 있었다. 하지만 아주 희미한 냄새라도 다시 찾아내어 부리나케 뒤를 쫓았다. 녀석은 어마어마하게 큰 청상아리로, 빠르기로 치자면 바다에서 첫 손가락에 꼽힐 정도였고 아가리 빼고는 뭐 하나 나무랄 데 없이 멋졌다. 등은 황새치처럼 푸른색을, 배는 은색을 띠었다. 가죽은 매끈한 게 보기 좋았다. 치솟은 등지느러미를 지금처럼 꼿꼿이 세운 채 물살을 가르며 수면 바로 밑을 날쌔게 헤엄치는 모습은 황새치를 닮았다. 앙 다문 거대한 아가리만 빼면 말이다. 이 무시무시한 아가리 속 이빨은 여덟 겹인 데다, 하나같이 안쪽으로 휘어져 있었다. 게다가 대다수 상어처럼 일반적인 세모꼴도 아니었다. 마치 맹금류의 발톱처럼 오므린 사람 손가락 모양이었다. 길이도 거의 노인 손가락만 하고 양 모서리도 면도날처럼 날카로웠다. 바닷속에 사는 물고기란 물고기는 전부 먹어 치우는 이 녀석은 날렵하고 힘도 장사인 데다 무시무시한 무기까지 장착한 터라, 그야말로 천하무적이었다. 이제 상어는 피 냄새를 확실하게 맡았는지 속도를 높였고 푸른 등지느러미가 물살을 갈랐다.

노인은 녀석이 다가오는 걸 보자, 대번에 상어임을 알아챘다. 두려움도 모르고 원하는 건 뭐든 정확히 해내는 녀석이란 걸 말이다. 노인은 상어가 다가오는 모습을 뚫어져라 지켜보면서 작살에 밧줄을 단단히 동여맸다. 하지만 청새치를 배에 묶으려고 잘라낸 탓에 밧줄이 조금밖에 없었다.

노인은 이제 정신도 아주 말짱하고 각오도 돼있었지만 기대는 거의 하지 않았다. 좋은 일은 오래 안 가더라. 노인은 생각했다. 노인은 거대한 청새치를 한 번 보고, 다가오는 상어를 유심히 살폈다. 차라리 꿈이었으면. 녀석이 날 공격하는 걸 막을 순 없지만 잡을 순 있을지도 몰라. 덴투소* 놈. 노인은 생각했다. 망할 놈의 자식!

상어가 선미 쪽으로 잽싸게 접근했다. 그리고 고기를 공격하는 순간, 노인은 상어의 쩍 벌린 아가리와

* 스페인어로 흉한 이빨을 가진 사람이나 동물을 뜻함.

섬뜩한 눈, 그리고 청새치의 꼬리 위쪽으로 돌진해서 두툼한 뱃살에 이빨을 푹 박아 넣는 모습을 보았다. 상어 대가리가 물 밖으로 나왔고 뒤이어 등도 보였다. 청새치의 가죽과 살점이 찢겨 나가는 소리가 들리자마자, 노인은 상어 정수리 쪽, 두 눈 사이의 선과 주둥이에서 등으로 쭉 뻗은 선이 교차하는 지점에 작살을 내리꽂았다. 사실 그런 선은 없었다. 크고 뾰족하고 시퍼런 대가리와 큼직한 눈, 푹 하고 쑤셔 넣어 한 입에 모든 걸 삼켜버리는 아가리만 있을 뿐. 하지만 그곳은 상어 뇌가 있는 자리였고 노인은 정확하게 그곳을 찔렀다. 시뻘건 피로 뒤범벅된 손으로 날카로운 작살을 있는 힘껏 휘둘러 내리쳤다. 기대는 하지 않았지만, 결연한 의지와 악에 받친 증오로 사정없이 찔러댔다.

상어가 몸을 뒤집으며 빙그르르 돌았다. 보아하니 상어 눈은 이미 풀린 상태였다. 그 와중에 상어가 몸을 또 한 바퀴 돌리면서, 밧줄에 두 번이나 휘감겼다. 노인은 상어가 가망이 없다는 걸 알아챘지만 상어는 인정하기 싫은 모양이었다. 그때 상어가 뒤집힌 채로 꼬리를 세차게 퍼덕거리고 아가리를 탁탁 부딪치며 쾌속정처럼 물살을 가르고 내달렸다. 꼬리를 내리치는 자리마다 하얀 물보라가 일었다. 곧이어 몸뚱이 절반 이상이 물 위로 들리는가 싶더니, 밧줄이 팽팽해지며 부르르 떨리다가 툭 하고 끊어져 버렸다. 노인이 지켜보는 가운데, 잠시 수면 위에 조용히 떠있던 상어는 그대로 천천히 가라앉아버렸다.

노인은 분통을 터뜨렸다.

“20킬로그램이나 먹어치웠어.”

작살에 밧줄까지 싹 쓸어가 버렸네. 노인은 울컥했다. 이제 고기에서 다시 피가 흐르니 덩달아 다른 녀석들도 몰려오겠지.

노인은 고기가 상어에게 여기저기 물어뜯긴 뒤로는 그쪽으로 눈도 돌리고 싶지 않았다. 고기가 뜯겨 나갔을 때 노인은 마치 제 몸이 뜯겨 나가는 것만 같았다.

그래도 고기를 공격한 상어를 내 손으로 죽였잖아. 노인은 생각했다. 그렇게 큰 덴투소는 난생 처음 봐. 내가 큰 고기를 많이 봐온 걸 하느님도 아실 거야.

좋은 일은 오래 안 가기 마련이야. 노인은 생각했

다. 차라리 꿈이었으면 좋으련만. 고기는 낚은 적도 없고, 신문 깔린 침대 속에 홀로 누워있는 거라면 얼마나 좋을까.

노인은 말했다.

"하지만 인간은 패배하려고 태어난 게 아니야. 인간에게 죽음은 있을지언정 패배는 없어." 하지만 고기를 죽인 건 유감이야. 노인은 생각했다. 이제 힘든 시간이 다가오는데, 나한테는 작살도 없네. 덴투소 녀석, 잔인하고 재주도 좋고 힘도 센 데다 영리하기까지 하네. 그래도 영리하기로 치자면, 아까는 내가 녀석보다 한 수 위였어. 아닐 수도 있지만. 어쩌면 그저 녀석보다 더 좋은 무기를 가진 덕인지도 몰라.

"이 늙은이야, 생각 좀 그만해. 이대로 계속 가보는 거야. 일이 닥치면 그때 해결하자고."

노인은 마음을 다잡았다.

하지만 생각을 해야 해. 나한테 남은 건 그것뿐이거든. 그거랑 야구. 내가 상어 두개골을 내리치는 걸 위대한 디마지오가 봤다면 좋아했을까? 뭐, 그리 대단한 일도 아니었어. 누구나 할 수 있는 일이잖아. 자네

혹시 손에 뻐돌기만큼 심각한 장애가 있었다고 생각하는 거야? 난 모르겠어. 예전에 가오리에게 다리를 찔렸을 때 빼고는 한 번도 뒤꿈치에 문제가 있었던 적이 없으니까. 그때 수영하다가 가오리를 밟았는데 다리 아래쪽에 쥐가 나서 아파 죽는 줄 알았지.

노인은 중얼거렸다.

"이 노인네야, 즐거운 생각 좀 해봐. 이제 집이 점점 가까워져 온다고. 무게가 20킬로그램이나 줄어들었으니 더 빨리 가겠지."

노인은 배가 해류 안쪽에 접어들면 무슨 일이 일어날지 훤히 알고 있었다. 하지만 지금은 할 수 있는 게 아무것도 없었다.

그때 노인이 큰 소리로 외쳤다.

"아니야, 있어. 노 끄트머리에 칼을 묶는 거야."

노인은 키 손잡이를 겨드랑이에 끼고 돛의 아딧줄* 을 발로 밟은 채 그 일을 했다.

"자, 난 여전히 늙은이야. 하지만 맨손이 아니라고."

노인은 말했다.

* 바람의 방향을 맞추기 위하여 돛을 매어 쓰는 줄.

어느덧 바람이 거세졌고 노인도 기세 좋게 배를 몰았다. 고기의 앞쪽에만 눈길을 주던 노인에게 일말의 희망이 되살아났다.

희망을 버리는 건 어리석은 짓이야. 노인은 생각했다. 게다가 그건 죄악이나 마찬가지라고. 죄에 대해서는 생각하지 말자. 그거 말고도 생각할 문제가 산더미니까. 뭐, 죄에 대해 아는 것도 없고.

난 그게 뭔지도 모르고 그런 게 진짜 있는지도 모르겠어. 어쩌면 고기를 죽인 게 죄였는지도 몰라. 내가 살려고, 여러 사람들 먹이려고 그랬지만 벌 받을 짓이겠지. 하지만 그렇게 치면 죄가 아닌 게 어디 있어. 죄에 대해선 그만 생각하자. 그래 봐야 이미 늦었고, 그런 일 하고 돈 받는 사람은 따로 있잖아. 죄는 그런 사람에게나 맡기자고. 고기 녀석이 물고기로 태어났듯이 자넨 어부로 태어났어. 성 베드로도 어부였지. 위대한 디마지오의 아버지처럼 말이야.

하지만 노인은 자기와 관련된 일을 생각하고 싶었다. 읽을 책도 없고 라디오도 없으니 생각만 많아졌고, 죄에 대한 생각도 머릿속을 떠나지 않았다. 자넨 단지 살려고, 내다 팔려고 저 녀석을 죽인 게 아니야. 노인은 생각했다. 자존심 때문에, 자네가 어부니까 죽인 거야. 자넨 녀석이 살아있을 때도 무척 좋아했고 그 후에도 좋아했어. 자네가 그렇게 좋아했다면, 녀석을 죽인 건 죄가 아니야. 아니, 죄가 더 큰가?

"이 늙은이야, 자넨 생각이 너무 많아."

노인은 큰 소리로 자신을 나무랐다.

하지만 덴투소 죽이는 걸 즐겼잖아. 노인은 생각했다. 녀석도 자네처럼 산 물고기를 먹고 살지. 썩은 고기를 먹는 놈도 아니고, 다른 상어처럼 돌아다니며 닥치는 대로 먹는 식탐꾼도 아니야. 녀석은 멋지고 고상한 데다 두려운 것도 없어.

"녀석을 죽인 건 정당방위였어. 게다가 멋지게 해치웠다고."

노인은 큰 소리로 말했다.

더군다나 세상의 모든 존재는 어떤 식으로든 다른 존재를 죽이잖아. 고기 잡는 일은 나를 살게 하는 동시에 죽이기도 하지. 나를 살게 하는 건 그 애잖아. 노인은 생각했다. 그렇게 자신을 속이면 쓰나.

노인은 고기 쪽으로 몸을 숙이더니, 상어가 물어뜯은 자리에서 살점을 조금 떼어내 씹어 먹었다. 식감도 좋고 맛도 괜찮았다. 살도 탄탄하고 육즙도 풍부한 게 육류와 비슷했지만 선홍빛은 아니었다. 게다가 힘줄도 하나 없어서 시장에 내놓으면 아주 비싼 값을 받을 수 있겠구나 싶었다. 하지만 피 냄새가 번지는 걸 막을 길이 없었다. 노인은 아주 힘든 시간이 다가오고 있음을 직감했다.

바람은 쉴 새 없이 불었다. 아까보다 더 북동쪽으로 부는 걸로 보아, 쉬이 잠잠해질 것 같지 않았다. 노인은 앞쪽을 바라보았지만, 돛은커녕 선체나 배에서 피어오르는 연기조차 보이지 않았다. 그저 뱃머리 쪽에서 솟구쳐 배 양옆으로 퍼져가는 날치와 누르스름한 모자반 조각들뿐이었다. 새 한 마리도 눈에 띄지 않았다.

노인은 선미에 기댄 채, 가끔 청새치 살점을 씹어 먹으면서 휴식도 취하고 체력도 보충하며 항해를 했다. 그렇게 두 시간쯤 지났을까. 상어 두 마리 중 앞서 오던 한 놈이 모습을 드러냈다.

노인의 입에서 탄식이 흘러나왔다.

"아!"

뭐라 설명할 수 없는 외마디. 못이 손바닥을 뚫고 들어가 나무 판에 박힐 때 절로 튀어나올 듯한 소리였다.

노인은 고래고래 소리를 질렀다.

"갈라노* 녀석들."

이제 첫 번째 지느러미 뒤로 또 다른 지느러미가 보였다. 세모 모양의 갈색 지느러미하며 미끄러지듯 움직이는 꼬리의 움직임을 보니, 주둥이가 삽처럼 생긴 흉상어가 분명했다. 상어들은 피 냄새를 맡고 잔뜩 흥분한 상태였다. 하도 배가 고파 제정신이 아닌지, 흥분한 상태로 냄새를 놓쳤다 찾았다를 반복했다. 하지만 그러면서 점점 다가오고 있었다.

노인은 아딧줄을 단단히 묶고 키 손잡이를 고정했다. 그런 다음 칼을 동여맨 노를 집어 들었다. 손이 아파 제대로 쥐기 힘들었던 터라 되도록 살짝 잡고 들어 올렸다. 손을 오므렸다 폈다 하며 살살 풀어주

* 스페인어로 '상어'를 뜻함.

었다. 그러고는 당장 아픈 것도 참고 손을 꽉 움켜쥐더니 아주 당당하게 상어가 다가오는 모습을 지켜보았다. 이제 넓적하고 주둥이가 삽처럼 뾰족한 상어 대가리와 커다란 흰색 가슴지느러미가 보였다. 생김새도 혐오스럽고 냄새까지 고약한 데다, 산 고기든 죽은 고기든 가리지 않고 먹어치우는 무시무시한 놈들이었다. 게다가 배가 고프면 배의 노나 키까지 닥치는 대로 물어뜯곤 했다. 바다거북이 수면 위에서 졸고 있으면 다리며 지느러미발을 사정없이 물어뜯는 것도 이 녀석들이었다. 심지어 굶주리면 물속에 있는 사람도 공격하기 일쑤였다. 물고기의 피 냄새나 고약한 비린내가 전혀 안 나는데도 말이다.

"아! 이 놈의 갈라노 녀석들. 그래, 덤벼라, 갈라노 녀석들아."

노인은 소리쳤다.

상어들이 다가왔다. 하지만 다가오는 모양새가 청상아리 때와는 달랐다. 한 녀석이 주변을 맴돌다가 배 밑으로 슬며시 모습을 감추는가 싶더니, 곧이어 노인의 배가 흔들리기 시작했다. 고기를 물어뜯으며 잡아당기고 있었다. 또 한 녀석은 누르스름한 째진 눈깔로 노인을 노려보더니, 아가리를 반원처럼 쩍 벌린 채 물고기를 잽싸게 덮치면서 이미 물어뜯은 자리를 다시 공격했다. 녀석의 갈색 대가리에서 등 쪽으로 선 하나가 선명히 보였는데, 뇌와 척추가 연결된 부분이었다. 노인은 노에 동여맨 칼로 그 부분을 푹 찔렀다가 뺀 다음, 다시 고양이 눈 같은 상어의 노란 눈깔에 칼을 쑤셔 넣었다. 상어가 고기에게서 떨어져 나가더니, 죽어가는 와중에도 물어뜯은 살점을 기어이 삼키면서 물속으로 스르르 가라앉았다.

배는 여전히 요동치고 있었다. 남은 상어가 물고기를 물어뜯고 있었기 때문이다. 노인은 아딧줄을 풀어 배를 좌우로 흔들면서 상어를 배 밑에서 나오게 했다. 상어가 모습을 드러내자 노인은 뱃전 너머로 몸을 구부리며 칼을 내리꽂았다. 하지만 두툼한 살집 부위만 찔렀을 뿐, 가죽이 단단해서 칼이 거의 들어가지 않았다. 그 바람에 손은 물론이고 어깨까지 심하게 울렸다. 상어가 다시 대가리를 쳐들고 빠르게 다가왔고, 주둥이를 수면 위로 내밀면서 고기에게 달려들었다.

바로 그 순간 노인은 납작한 정수리 한가운데를 정통으로 찔렀다. 노인은 칼을 뒤로 빼는가 싶더니 바로 그 자리를 한 번 더 푹 찔렀다. 그래도 상어가 고기를 덥석 문 채로 매달려있자, 노인은 상어의 왼쪽 눈에 칼을 쑤셔 박았다. 하지만 꿈쩍도 하지 않았다.

"이래도?"

노인은 이렇게 말하며 척추 뼈와 뇌 사이에 칼을 내리꽂았다. 이제는 칼이 쉽게 들어갔고 물렁뼈가 잘려나가는 느낌도 들었다. 노인은 노를 뒤로 뺀 다음 상어 아가리를 벌리기 위해 이빨 사이로 칼을 집어넣었다. 칼날을 비틀어대자 상어가 떨어져 나갔다.

노인이 소리쳤다.

"썩 꺼져, 갈라노 녀석. 바다 깊은 곳으로 가버려. 가서 죽은 네 친구 놈이나 만나라고, 아니 어미일 수도 있겠군."

노인은 칼날을 닦고 노를 내려놓았다. 이윽고 아딧줄과 돛이 팽팽해지는 것을 느낀 노인은 원래 가던 방향으로 배를 몰았다.

"녀석들이 1/4이나 먹어치운 것 같아. 그것도 제일

맛있는 부위로 말이야. 이게 꿈이라면, 그래서 고기를 낚은 적도 없다면 얼마나 좋을까. 미안하구나, 고기야. 널 잡는 바람에 모든 게 엉망이 돼버렸어."

노인은 말을 잇지 못했고 더는 고기도 보고 싶지 않았다. 피도 다 빠져 파도에 씻겨나간 탓에, 물고기는 거울 뒷면처럼 납빛을 띠었고 줄무늬는 그대로였다.

노인은 중얼거렸다.

"이렇게 멀리 나오지 말았어야 했어. 너를 위해서도, 나를 위해서도. 미안하구나, 고기야."

이제 칼을 묶은 줄에 끊어진 데는 없는지 살펴보자고. 그런 다음 손을 챙길게. 녀석들이 더 몰려올 테니까.

노인은 노 끄트머리에 동여맨 줄을 살펴보면서 말했다.

"칼 대신 돌이 있었으면 좋았을 텐데. 돌을 가져왔어야 했어."

이것저것 다 가져왔어야 했는데. 노인은 생각했다. 이 노인네야, 어쨌든 안 가져왔잖아. 지금은 그런 거 생각할 때가 아니야. 가진 거로 뭘 할 수 있을지나 생각하자고.

"말이라도 못하면. 그것도 짜증나."

노인이 투덜거렸다.

배가 앞으로 나아가는 동안, 노인은 키의 손잡이를 겨드랑이에 낀 채 양손을 물속에 담갔다.

“마지막 녀석이 얼마나 많이 먹어치웠는지는 신만이 아시겠지만, 배가 아까보다 훨씬 가벼워졌어.”

노인은 물어뜯긴 고기의 아랫부분을 생각하고 싶지 않았다. 상어가 쿵쿵 들이받고 흔들어댈 때마다 고기 살점이 뜯겨 나갔고, 그 바람에 피의 흔적이 바다에 고속도로처럼 쭉 뻗어있을 테니 이제 온 동네 상어가 죄다 몰려올 게 뻔했다.

겨울 내내 사람 하나는 족히 먹여 살릴 고기였는데. 노인은 아까웠다. 그런 생각일랑 집어 치워. 그냥 쉬면서 손이나 신경 쓰라고. 그래야 남아있는 거라도 지키지. 온 바다에 피비린내가 진동하니, 내 손에 나는 피 냄새쯤이야 아무것도 아니겠지. 게다가 피도 많이 안 흘렸잖아. 걱정할만한 상처도 없고. 피가 났으니 왼손에 쥐가 안 날지도 몰라.

이제 무슨 생각을 하지? 생각할만한 게 없네. 아무 생각 말고 다음 녀석이나 기다려. 이게 꿈이라면 얼마나 좋을까. 하지만 누가 알아? 다 잘될지.

그 다음에 나타난 상어도 주둥이가 삽처럼 생긴 녀석이었지만 이번에는 혼자였다. 다가오는 모양새가 뭐랄까, 마치 사람 머리쯤은 들어가고도 남을 만큼 주둥이를 쩍 벌린 돼지가 죽통으로 달려드는 느낌이었다. 노인은 상어가 고기를 덮치도록 놔두더니, 노에 동여맨 칼을 녀석의 대가리에 푹 찔러 넣었다. 하지만 상어가 갑자기 확 물러서며 몸부림치는 바람에, 칼이 뚝 부러지고 말았다.

노인은 주저앉으며 키를 잡았다. 커다랗던 상어가 점점 작아지더니 보일락 말락 아스라하게 물속으로 서서히 가라앉는 모습도 쳐다보지 않았다. 평소 그런 광경이라면 자다가도 벌떡 일어나는 노인이었지만, 이번에는 아예 눈길조차 주지 않았다.

"아직 갈고리가 남아있어. 하지만 아무 도움도 안 될 거야. 노도 두 개나 있고 키 손잡이와 짧은 몽둥이도 있잖아."

노인은 말했다.

이제 녀석들을 무슨 수로 당해내지. 노인은 생각했다. 너무 늙어 상어를 때려죽일 힘도 없고. 그래도 노와 몽둥이, 키 손잡이라도 있으니 한번 해보자고.

노인은 손을 다시 물속에 담갔다. 늦은 오후로 접어들고 있었고, 바다와 하늘 말고는 아무것도 보이지 않았다. 바람도 아까보다 거세졌다. 노인은 빨리 육지가 보이기만을 고대했다.

"이 늙은이야, 몸도 맘도 많이 지쳤나 보군."

노인이 말했다.

상어들의 공격이 다시 시작된 건 해가 지기 직전이었다.

누런 지느러미들이 다가오는 모습이 보였다. 물고기가 바다에 남긴 넓은 흔적을 따라 뒤쫓아 온 게 분명했다. 냄새를 찾는답시고 이리저리 헤매지도 않았다. 나란히 헤엄을 치며 배를 향해 곧장 다가왔다.

노인은 키 손잡이를 꽉 끼우고 아딧줄을 단단히 붙들어 맨 다음, 선미 아래로 손을 뻗어 몽둥이를 잡았다. 어떤 부러진 노의 손잡이를 톱으로 잘라 만든 것으로, 길이는 75센티미터 정도 됐다. 손잡이 부분이다 보니, 한 손으로 휘두르는 게 효과적이었다. 노인은 오른손으로 몽둥이를 단단히 말아 쥔 채 다가오는 상어를 주시했다. 갈라노 두 놈이었다.

첫 번째 녀석이 고기를 꽉 물게 놔두고 주둥이 끝이나 정수리를 정통으로 내리쳐야 해. 노인은 머릿속으로 계획을 세웠다.

상어 두 마리가 동시에 접근했다. 노인은 가장 가까이 있는 상어가 아가리를 벌려 고기의 납빛 옆구리를 물어뜯는 순간, 몽둥이를 높이 치켜들어 상어의 넓적한 정수리를 있는 힘껏 세게 내리쳤다. 탄탄한 고무를 내리치는 느낌이었다. 하지만 단단한 뼈도 느껴졌다. 노인이 상어 주둥이 끝부분을 한 번 더 세게 내리치자, 녀석이 고기에게서 스르르 떨어져 나갔다.

또 다른 상어도 왔다 갔다 하는가 싶더니, 아가리를 쩍 벌린 채 다시 다가왔다. 녀석이 고기를 덮치며 덥석 물자, 고기의 허연 살점이 아가리 귀퉁이에서 떨어져 나오는 게 보였다. 노인은 상어를 향해 몽둥이를 후려치며 대가리만 집중 공격 했다. 하지만 상어는 노인을 노려보며 보란 듯이 살점을 물어뜯었다. 노인은 다시 몽둥이를 휘둘렀지만, 녀석이 물어뜯은 살점을 삼키려고 고기에게서 몸을 빼는 바람에 고무처럼 탄탄하고 두툼한 살가죽만 내리치고 말았다.

노인이 소리쳤다.

"어서 덤벼, 갈라노야. 다시 오라고."

상어가 잽싸게 돌아와 다시 아가리로 고기를 덥석 무는 순간, 노인은 또다시 몽둥이로 후려쳤다. 몽둥이를 최대한 높이 쳐들어 가차 없이 내리치자 이번에는 뇌 아래쪽 뼈가 느껴졌다. 노인은 이때다 싶어 같은 자리를 연거푸 내리쳤는데, 그 와중에도 상어는 느릿느릿 살점을 뜯으며 고기에게서 떨어져 나갔다.

노인은 상어가 다시 나타나기를 기다리며 지켜보았지만 한 마리도 나타나지 않았다. 이윽고 한 녀석이 수면 위로 올라와 빙빙 돌며 헤엄치는 모습이 보였다. 하지만 다른 한 녀석은 지느러미도 보이지 않았다.

녀석들을 죽일 수 있을 거라는 기대는 안 했잖아. 노인은 생각했다. 한창 때라면 그랬을지도 모르지만 말이야. 그래도 두 녀석 다 심하게 다쳤으니, 상태가 그리 좋지는 않을 거야. 양손을 다 사용해서 방망이를 후려쳤으면 첫 번째 녀석은 확실히 죽일 수 있었을 텐데. 이렇게 늙었어도 말이야.

노인은 고기를 보고 싶지 않았다. 절반은 뜯겨 나갔을 것이다. 노인이 상어들과 사투를 벌이는 동안, 어느새 해는 완전히 저물었다.

"곧 깜깜해지겠군. 그럼 아바나의 불빛이 보일 거야. 혹시 동쪽으로 너무 갔다면 처음 보는 해변의 불빛이 보이겠지."

이제 거의 다 왔을 거야. 노인은 생각했다. 사람들이 너무 걱정하지 않았으면 좋으련만. 뭐 보나 마나 그 애나 걱정하겠지. 하지만 별일 없을 거라 생각할 거야. 나이 지긋한 어부들도 걱정하겠지. 다른 많은 사람들도. 인심 좋은 동네니까.

노인은 더 이상 고기에게 말을 걸 수 없었다. 고기꼴이 말이 아니었기 때문이다. 그때 문득 뭔가 떠올랐다.

노인은 말했다.

"반쪽짜리 고기야. 원래 물고기였던 고기야. 내가 너무 멀리까지 나와서 미안하다. 나 때문에 우리 둘 다 이렇게 엉망이 돼버렸구나. 하지만 우리는 상어를 꽤 많이 죽였어. 너랑 내가 말이야. 다친 녀석들도 많

아. 이봐, 고기 친구. 자넨 얼마나 죽여봤어? 창 같은 그 주둥이를 폼으로 달고 다닌 건 아닐 테니 말이야."

노인은 고기 생각에 빠져들었다. 고기가 자유롭게 헤엄을 치고 있었다면 과연 상어에게 어떻게 했을까 하는 생각이 들었다. 주둥이를 잘라서 녀석들과 싸울 걸 그랬나. 노인은 아쉬워했다. 하지만 수중에 도끼도 없고 나중에는 칼까지 없어졌잖아.

그래도 혹시 있었다면, 그래서 주둥이를 노 끄트머리에 묶어놓을 수만 있었다면, 대단한 무기가 됐을 텐데. 그럼 우린 한편이 되어 녀석들을 상대한 셈이겠지. 그나저나 상어 녀석들이 밤에 들이닥치면 그땐 어쩌지? 뭘 할 수 있을까?

"녀석들과 싸워야지. 난 죽을 때까지 싸울 거야."

노인은 마음을 단단히 먹었다.

하지만 불빛 하나 보이지 않는 칠흑 같은 어둠 속에서, 바람만이 하염없이 돛을 끌어당기고 있었다. 노인은 자신이 이미 죽은 게 아닌가 싶었다. 두 손을 맞대어 손바닥의 감각을 느껴봤으나 아직 살아있었다. 그리고 손을 가볍게 오므렸다 폈다 하자 살아있음을 알리는 통증이 느껴졌다. 선미에 등을 기대보고는 자신이 죽지 않았음을 깨달았다. 아픈 어깨가 그 증거였다.

고기만 잡으면 기도문을 전부 외우겠다고 약속했는데. 노인은 생각했다. 지금은 너무 힘들어서 입도 뻥긋 못 하겠어. 포대나 어깨에 둘러야지.

노인은 선미에 누운 채, 키를 잡고는 아바나의 불빛이 나타나기만을 기다리며 하늘을 바라보았다. 고기가 반쯤 남았어. 노인은 생각했다. 운이 좋으면 앞쪽 절반은 무사히 가져갈 수 있을 거야. 운이 좀 좋아야 할 텐데.

"아니, 그 멀리까지 가는 바람에 자네 운을 날려버렸잖아."

노인은 중얼거리는가 싶더니 갑자기 언성을 높였다.

"바보 같은 소리 하지 마. 정신 똑바로 차리고 키나 잘 조종해. 아직 행운이 많이 남아있을지도 몰라."

"행운을 파는 데라도 있으면 좀 샀으면 좋겠구먼."

노인은 스스로에게 물었다.

"근데 뭘로 사려고? 잃어버린 작살로? 부러진 칼이나 성한 데 없는 두 손으로?"

"어쩌면 살 수 있을지도 몰라. 바다에서 84일간 허탕 친 거로도 사려고 했잖아. 거의 살뻔했고."

말도 안 되는 소리 하지 마. 노인은 생각했다. 행운은 다양한 모습으로 나타나는 법이거든. 그러니 누가 알아채겠어? 그래도 어떤 모습이든 좀 잡아봤으면 좋겠네. 무슨 대가를 치르더라도 말이야. 아바나의 환한 불빛도 보이면 얼마나 좋을까. 원하는 것도 참 많아. 그래도 당장 보고 싶은 걸 어째. 노인은 키를 조종하기 위해 자세를 좀 더 편하게 고쳐 잡다가 통증을 느꼈다. 노인은 죽지 않았음을 확인했다.

밤 10시쯤이었을까. 노인의 눈앞에 눈부시게 빛나는 도시의 불빛이 보였다. 달도 뜨지 않은 하늘에 그 빛이 처음 나타났을 때만 해도 아주 어렴풋하게 보일 뿐이었다. 하지만 지금은 심한 바람과 거친 파도 너머로 그 빛이 한결 또렷하게 보였다. 노인은 불빛이 비치는 쪽으로 배를 몰면서 생각했다. 이제 곧 만류 가장자리에 이르겠지.

이제 다 끝났어. 노인은 생각했다. 아마 녀석들이 다시 몰려올 거야. 하지만 혼자 무기도 없이 깜깜한 어둠 속에서 녀석들을 상대로 뭘 할 수 있겠어?

이젠 몸도 뻐근한 데다 욱신욱신 쑤셨고, 다친 상처하며 온몸의 뼈 마디마디가 차가운 밤공기에 심하게 시려왔다. 다시 싸울 일이 없었으면 좋겠는데. 노인은 간절히 바랐다. 정말이지 다시는 싸우고 싶지 않아.

하지만 한밤중에 노인은 다시 싸워야 했다. 이번에는 싸워봤자 아무 소용 없다는 것도 잘 알았다. 상어들은 떼로 몰려왔고 노인은 그저 지느러미가 수면에 그리는 긴 물결 자국과 고기를 덮칠 때 뿜어내는 인광을 하염없이 바라볼 뿐이었다. 상어들이 배 밑으로 몰려들자 노인이 몽둥이로 대가리를 후려쳤다. 고기를 잡아 뜯는 소리가 귓전에 울려 퍼졌고 배는 이리저리 요동치며 삐걱댔다. 노인은 그저 소리나 느낌을 좇아 죽기 살기로 몽둥이를 내리쳤다. 그런데 뭔가 몽둥이를 잡아채는 느낌이 드는가 싶더니 몽둥이가 온데간데없이 사라져버렸다.

노인은 키 손잡이를 키에서 확 잡아 빼더니, 양손으로 잡고는 사정없이 내리쳐 상어들을 두들겨 팼다. 하지만 녀석들은 이젠 뱃머리까지 다가와, 번갈아 가며 혹은 한꺼번에 달려들어 고기 살점을 물어뜯었다. 다시 덮치려고 상어들이 몸을 돌리자, 허연 고기 살점들이 빛을 내뿜으며 바닷속으로 가라앉았다.

마지막으로 한 녀석이 대가리 쪽으로 다가왔다. 노인은 이제 끝이구나 싶었다. 노인은 상어의 아가리가 단단한 고기 대가리를 물자, 키 손잡이로 상어 대가리를 마구 후려쳤다. 한 번 두 번, 연거푸 계속 휘둘렀다. 그때 키 손잡이가 뚝 하고 부러지는 소리가 들렸고, 노인은 부서진 노 끄트머리로 상어를 찔렀다. 그러자 안에 박히는 느낌이 들었다. 손잡이 끝이 그만큼 날카롭다는 사실을 알아챈 노인은 한 번 더 푹 쑤셔 넣었다. 상어는 물었던 고기 대가리를 놓더니 몸부림을 치며 떨어져 나갔다. 그 녀석이 떼로 몰려온 상어들 중 마지막 상어였다. 이제 더 이상 먹을 게 없었던 것이다.

노인은 숨도 제대로 못 쉴 지경이었고 입에서는 이상한 맛까지 났다. 들큼한 쇠 맛이었는데, 순간 노인은 겁이 덜컥 났다. 하지만 피가 많이 나진 않았다.

노인은 바다에 침을 뱉으며 말했다.

"이거나 먹어라, 이 갈라노 녀석들. 그리고 인간을 죽이는 건 꿈에서나 하시지."

노인은 결국 자신이 수습할 방법도 없이 완패했음을 깨달았다. 선미로 돌아간 노인은 키 손잡이 끝을 보았다. 들쭉날쭉 찢기긴 했어도 키 구멍 속에 잘 끼워 넣으면 배를 충분히 조정할 수 있을 것 같았다. 노인은 아딧줄을 어깨에 두르고 원래 가던 방향으로 배를 몰았다. 이제 마음이 가벼워졌다. 아무 생각도, 느낌도 없었다. 모든 걸 뒤로하고 집이 있는 항구로 조심스레 배를 몰았다. 그날 밤, 뼈만 남은 고기 사체를 상어들이 한 번 더 덮쳤다. 마치 식탁에 떨어진 빵 부스러기라도 집어 먹으려는 사람들처럼 말이다. 그러거나 말거나, 노인은 키를 잡는 일 말고는 아무것도 신경 쓰지 않았다. 그저 배를 짓누르던 육중한 무게가 사라지니 배가 한결 수월하게 잘 나간다는 생각뿐이었다.

배 상태가 괜찮네. 노인은 생각했다. 키 손잡이가 부러진 것 빼고는 상한 데 없이 멀쩡해. 키 손잡이야 갈아 끼우면 그만이고.

어느덧 노인은 해류 안쪽에 들어와 있었고 해안을 따라 바닷가 마을의 불빛도 보였다. 자기가 지금 어디 있는지 감이 왔고 이제 눈 감고도 집에 갈 수 있었다.

아무튼 바람은 우리 친구야. 노인은 생각했다. 그러면서 이렇게 덧붙였다. 늘 그런 건 아니지만 말이야. 저 광대한 바다에는 우리 친구도, 적도 있지. 그리고 침대. 노인은 생각했다. 침대는 내 친구야. 오직 침대뿐이지. 참 대단한 물건이야. 패배해도 침대에 누우면 편안해지거든. 얼마나 편한지 예전엔 미처 몰랐는데. 그나저나 뭐가 널 패배시킨 거지?

노인이 큰 소리로 말했다.

"그런 건 없어. 너무 멀리 나가서 그래."

노인이 조그만 항구로 배를 몰고 들어왔을 때, 술집 테라스의 불빛은 꺼져 있었다. 다들 자는 모양이었다. 그동안 쉴 새 없이 불던 바람이 이젠 훨씬 더 거세졌다. 하지만 항구에 이르니 바람이 잠잠했다. 노인은 커다란 바위 아래쪽 자갈 깔린 해변으로 향했다. 도와줄 사람이 아무도 없던 터라, 노인은 배를 최대한 해변 위로 바짝 댔다. 그런 다음 배에서 내려 배를 바위에 밧줄로 단단히 고정했다.

노인은 돛대를 뽑고 돛을 감아 묶었다. 그리고 돛대를 어깨에 짊어지고 걸어 올라가기 시작했다. 몸이 천근만근이었다. 잠시 걸음을 멈추고 뒤를 돌아보니, 선미 뒤쪽에 쑥 올라와 있는 고기의 거대한 꼬리가 가로등 불빛에 비쳤다. 살 하나 없이 허옇게 드러난 등뼈하며, 뾰족한 주둥이가 달린 시커멓고 커다란 대가리, 뼈만 앙상하게 남은 몸체가 고스란히 보였다.

노인은 다시 올라가기 시작했고, 해변 위쪽에 이르러 털썩 주저앉더니 어깨에 돛대를 둘러멘 채로 한동안 누워있었다. 노인은 일어서보려고 애를 썼다. 하지만 너무 힘이 들어 돛대를 어깨에 멘 채 그대로 앉아 길 쪽을 내려다보았다. 저만치 고양이 한 마리가 자기 볼 일을 보러 가고 있었다. 노인은 그 모습을 지켜보다가 다시 우두커니 길을 바라보았다.

이윽고 노인은 돛대를 내려놓고 몸을 일으켰다. 그러고는 돛대를 집어 어깨에 메더니 길을 오르기 시작했다. 도중에 다섯 번이나 주저앉고서야 드디어 오두막에 도착했다.

오두막 안으로 들어간 노인은 돛대를 벽에 기대놓았다. 캄캄한 어둠 속에서 물병을 찾아 물을 한 모금 마시고 바로 침대에 누웠다. 노인은 이불을 끌어와 어깨를 덮고 이어 등과 다리까지 덮더니, 팔을 쭉 펴고 손바닥을 위로 한 채 신문지 위에 엎드려 잠이 들었다.

아침에 소년이 오두막 문을 열었을 때, 노인은 자고 있었다. 밖에는 배들이 출항도 못 할 정도로 바람이 거세게 불고 있었다. 그래서 소년은 늦게까지 잠을 자다 매일 아침 하던 대로 노인의 오두막으로 왔던 것이다. 소년은 노인이 숨을 쉬고 있는 걸 확인했다. 그러면서 노인의 손을 쳐다보는데, 갑자기 눈물이 흘렀다. 소년은 커피를 가지러 조용히 밖으로 나왔다. 길을 따라 내려가는 내내 눈물이 멈추질 않았다.

꽤 많은 어부들이 노인의 배 주변에 모여, 배에 묶인 것을 보고 있었다. 한 사람은 바짓가랑이까지 걷어올리고는 물속으로 들어가 기다란 줄로 고기의 뼈대 길이를 재고 있었다.

소년은 내려가 보지 않았다. 이미 다녀온 데다, 어부 한 명이 소년 대신 배를 지키고 있었기 때문이다.

어부 한 명이 소리쳐 물었다.

"할아버지 어떠시냐?"

소년이 외쳤다.

"주무세요. 아무도 깨우지 마세요."

소년은 사람들이 자기가 우는 걸 보든 말든 신경 쓰지 않았다.

"주둥이에서 꼬리까지 5미터가 넘어."

고기의 길이를 재는 어부가 큰 소리로 외쳤다.

그러자 소년이 대답했다.

"그럴 줄 알았어요."

소년은 테라스로 들어가 커피 한 깡통을 부탁했다.

"뜨겁게 해주시고, 우유와 설탕도 듬뿍 넣어주세요."

"더 필요한 건 없니?"

"없어요. 이따 할아버지가 뭘 드시고 싶은지 여쭤볼게요."

그때 술집 주인이 말했다.

"그놈 굉장하더라. 그런 놈은 생전 첨 봐. 네가 어제 잡은 두 마리도 괜찮았지만 말이다."

그 말에 소년이 대꾸했다.

"그딴 고기를 어디다 대요."

소년이 다시 울기 시작하자 주인이 물었다.

"너도 뭐 좀 마실래?"

"아뇨. 사람들한테 산티아고 할아버지 귀찮게 하지 말라고 말씀해주세요. 또 올게요."

소년이 부탁했다.

"내가 걱정하더라고 할아버지께 전해주렴."

"감사합니다."

소년은 뜨거운 커피를 들고 노인의 오두막으로 향했다. 소년은 노인이 깰 때까지 곁에 앉아있었다. 노인은 한 번 정도 잠이 깨는가 싶더니 다시 깊은 잠 속으로 빠져들었다. 소년은 길 건너편 집에 가서 장작을 빌려다가 커피를 따뜻하게 데웠다.

드디어 노인이 눈을 떴다.

"그냥 누워 계세요. 이것 좀 드시고요."

소년은 유리컵에 커피를 조금 따라주었다.

노인은 컵을 받아들어 커피를 마셨다.

"녀석들한테 졌단다, 마놀린. 완전히 지고 말았어."

노인이 말했다.

"할아버지는 지지 않았어요. 저 고기한테는요."

"그렇구나. 정말 그랬어. 진 건 그 다음이야."

"페드리코 아저씨가 배랑 어구를 지키고 계세요. 녀석 대가리는 어떻게 하실 거예요?"

"페드리코한테 잘라서 통발로 쓰라고 하지 뭐."

"그럼 창 같은 주둥이는요?"

"갖고 싶으면 가져라."

그러자 소년이 말했다.

"갖고 싶어요. 이제 다른 것도 어떻게 할지 계획을 세워야 해요."

"사람들이 날 찾았니?"

"그럼요. 해안 경비대에 순찰 비행기까지 떴다니까요."

노인이 말했다.

"바다는 엄청 넓은데 배는 작으니, 찾기 힘들었겠지."

노인은 혼자 중얼거리거나 바다에게 말을 걸거나 하다가, 이렇게 같이 말할 사람이 생기자 기뻐서 어쩔 줄 몰랐다.

노인은 소년에게 말했다.

"보고 싶었단다. 넌 얼마나 잡았니?"

"첫날에는 한 마리 잡고요, 둘째 날도 한 마리, 셋째 날은 두 마리 잡았어요."

"대단한데."

"이제 우리 다시 같이 고기 잡아요."

"아니야. 난 운도 지지리 없는 사람이야. 이제 더는 없어."

그러자 소년이 말했다.

"운이 있든 없든 상관없어요. 운은 제가 몰고 올게요."

"집에서 뭐라 하실 텐데?"

"신경 안 써요. 저 어제 두 마리나 잡았어요. 하지만 이제 같이 고기 잡으러 다녀요. 제가 아직 배울 게 많거든요."

"쓸만한 작살을 하나 구해서 배에 늘 싣고 다녀야겠어. 넌 낡은 포드 자동차의 판스프링으로 칼을 만들거라. 칼 가는 건 과나바코아*에서 하면 돼. 날카롭게 갈되 담금질은 하면 안 돼. 부러지니까 말이야. 내 칼도 부러졌거든.

"다른 칼도 구해 오고 스프링도 갈아 올게요. 이 거센

* 쿠바 아바나주에 있는 마을.

브리사*는 며칠이나 갈까요?

"사흘 정도. 어쩌면 그 이상 갈지도 모르지."

"시키신 대로 다 할게요. 할아버지는 손이나 빨리 나으세요."

"요놈들 돌보는 법이야 내 알지. 그나저나 밤에 이상한 걸 뱉었어. 가슴 쪽에 뭔가 부러진 것 같아."

"그것도 좋아질 거예요. 할아버지, 누우세요. 할아버지 입으실 깨끗한 셔츠 좀 가져올게요. 먹을 것도요."

소년이 말했다.

"내가 바다에 나간 사이에 나온 신문 있으면 가져다 주렴."

노인이 말했다.

"저 배울 게 많으니까, 얼른 나으셔서 다 가르쳐주세요. 도대체 얼마나 고생을 하신 거예요?"

"많이."

노인이 대답했다.

"잡수실 거랑 신문이랑 가져올게요. 푹 쉬세요, 할아버지. 약국에서 손에 바르실 것도 구해 올게요."

* 카리브해의 무역풍.

소년이 말했다.

"페드리코한테 고기 대가리 가지라고 전하는 거 잊지 말고."

"네. 꼭 기억할게요."

소년이 밖으로 나와 닳고 닳은 산호 바위 길을 따라 내려가는데, 또다시 눈물이 흘러내렸다.

그날 오후, 테라스에는 단체 관광객들이 모여있었다. 그중 한 여자가 빈 맥주 캔과 죽은 창꼬치 고기 사이로 바다를 내려다보다가 커다란 꼬리가 달린 거대하고 기다란 흰 등뼈를 발견했다. 항구 들머리 밖에서 거센 동풍이 쉼 없이 불어오는 가운데, 등뼈도 파도에 오르락내리락하며 이리저리 흔들렸다.

"저거 뭐예요?"

여자가 종업원에게 물으며 거대한 물고기의 기다란 등뼈를 가리켰다. 물론 지금은 파도에 실려 떠내려가기만 기다리는 쓰레기에 불과하지만.

"티뷰론**, 그러니까 상어가 말이죠."

종업원은 무슨 일이 일어났는지 설명하려고 입을

** 스페인어로 '상어'를 말함.

열었다.

그러자 여자가 끼어들었다.

"상어 꼬리가 저렇게 우아하고 아름다운 줄은 몰랐어요."

"나도 몰랐어."

동행한 남자가 맞장구를 쳤다.

길 위쪽 오두막에서 노인은 다시 잠에 빠져들었다. 여전히 엎드린 채 자고 있었고 소년은 그 곁에 앉아 노인을 바라보았다. 노인은 사자 꿈을 꾸고 있었다.

어니스트 헤밍웨이

Ernest Miller Hemingway, 1899~1961

미국 소설의 지평을 넓히는 데 지대한 영향을 끼친 헤밍웨이는 1899년 미국 일리오이주에서 태어났다. 1917년부터 신문 기자로 일하다가 1차 세계대전 당시 이탈리아 야전병원 수송차 운전병으로 자원입대했다. 그러나 복무 중 다리에 심각한 부상을 입어 귀국하게 되었고 이후 파리에서 특파원으로 일하면서 본격적으로 소설을 쓰기 시작했다. 1926년 『태양은 다시 떠오른다』를 발표해 간결하고 명쾌한 문장으로 문단의 찬사를 받았다. 이후 『무기여 잘 있거라』『노인과 바다』 등의 작품을 썼으며 『노인과 바다』로 퓰리처상을 받았고, 1954년에는 노벨문학상을 수상했다.

헤밍웨이는 소설 집필 외에도 스페인 내전 종군기자로 일하거나 2차 세계 대전 당시 유럽 전선을 취재하는 등 저널리스트로서의 면모도 보였다. 미국 대중의 상상력을 사로잡은 독보적인 작가였던 헤밍웨이는 1961년 아이다호 케첨의 자택에서 자살로 생을 마감했다.

현혜진

서울산업대학교 산업안전공학과와 경희대학교 영어학부를 졸업한 후, 성균관대학교 번역테솔대학원 번역학과를 졸업했다. 삼성전자에서 번역 업무를 했으며 현재는 바른번역에서 전문 번역가로 활동 중이다. 옮긴 책으로는『물의 기억』『어떻게 소비해야 모두가 행복할까?』『사라지는 벌을 지켜라』『도덕지능』『위대한 기업을 넘어 영적 기업으로』등이 있다.

소 판

디자인이음

유 권

노인과 바다

2017년 12월 4일 1판 1쇄 발행
2022년 4월 20일 1판 2쇄 발행
지 은 이 어니스트 헤밍웨이
옮 긴 이 현혜진
발 행 인 이상영
편 집 장 서상민
편 집 인 한성옥
디 자 인 오윤하
마 케 팅 박진솔
펴 낸 곳 디자인이음
등 록 일 2009년 2월 4일:제300-2009-10호
주 소 서울시 종로구 효자동 62
전 화 02-723-2556
메 일 designeum@naver.com
blog.naver.com/designeum
instagram.com/design_eum

*잘못된 책은 바꾸어 드립니다.